초차원게임 넵튠 하이스쿨
⑤

길찾기

넵튠

이스투아르 기념학원 고등부 1학년.
여신 후보 양성과 소속.
게임을 좋아하는 밝고 건강한 아이.
이 작품의 주인공.

벨

이스투아르 기념학원 고등부 2학년.
여신 후보 양성과 소속.
온화한 성격으로 고귀한 분위기를 풍기는
학원의 인기인.

느와르

이스투아르 기념학원 고등부 1학년.
여신 후보 양성과 소속.
성실하고 진지한 성격의 우등생.

블랑

이스투아르 기념학원 고등부 2학년.
여신 후보 양성과 소속.
보통은 말수가 적고 무뚝뚝하지만
가끔씩 폭발한다.

네프기어

이스투아르 기념학원이 운영하는
분교에 입학할 넵튠의 여동생.
언니와는 달리 진지하고 견실한 우등생.

유니

이스투아르 기념학원이 운영하는
분교에 다니는 느와르의 여동생.
완벽한 언니에 대한 컴플렉스가 있는
솔직하지 못한 노력가.

롬

이스투아르 기념학원이 운영하는
분교에 다니는 블랑의 여동생.
양면성이 있는 언니의 성격 중
내향적인 부분을 닮았다. 람과는 쌍둥이.

람

이스투아르 기념학원이 운영하는
분교에 다니는 블랑의 여동생.
양면성이 있는 언니의 성격 중
외향적인 부분을 닮았다. 롬과는 쌍둥이.

아이에프

이스투아르 기념학원 고등부 1학년.
에이전트 양성과 소속.
시원스러운 성격.
학원 내의 정보에 밝다.

컴파

이스투아르 기념학원 고등부 1학년.
간호학과 소속.
마이페이스지만 진지한 면도 있다.
곤궁한 사람을 지나치지 못한다.

CONTENTS

표지 일러스트 츠나코 본문 일러스트 우리모 표지 디자인 오쿠보
한국어판 번역 채다인 편집 정성학 편집 오창성 타이틀 박재성 마케팅 이승우 주간 박관형

▽
▽
▽
▽
▽

[Push Start!]
▽
▽
▽

Now Loading……
▽
▽
▽
▽

데이터 읽기가 완료되었습니다
▽
▽
▽
▽

「넵튠 하이스쿨」을 이어서 계속합니다

이것이 앞권까지의 「초차원게임 넵튠 하이스쿨」 이다!!

부동의 주인공 강·림!

안녕! 게임업계 방방곡곡, 모두에게 사랑받는 퍼펙트 주인공 넵튠입니다아.

이른 감이 있지만 나의 귀여운 네프기어가 힘을 낸 지난 회의 요약을….

뭐? 뭐라고 네프기어? 컨닝페이퍼 필요하냐고? 필요 없어, 필요 없어. 난 익숙하니까. 네프기어는 거대전함에 탄 것 같은 마음으로 보고만 있으라고!

OK? 그럼 카메라 갑니다. 이번에도 이런저런 일이 있어서 빨리 감기로 진행해야 하니까. 빨리 감기로! 그럼 스타트!

"네푸네푸, 기어짱도, 떼찌에요. 떼찌."

"아, 아니 컴파. 이건 말이지 바다보다 깊~고, 하드웨어 도킹보다 높~은 사정이 있어서……."

"쓸데없는 얘기하지 말고 사과하는 게 좋아."

"아무 말 하지 않고 천계로 내려가려고 했어요. 죄송해요."

"악의는 없었다고! 진짜야. 너희들에게 폐를 끼치고 싶지 않아서 그랬어. 미안해!"

모두의 도움으로 기억을 되찾고, 매직 컴퍼니 사람들도 원래 모습으로 돌아와 안심…… 했지만, 천계에서 일어난 대사건도 기억나게 됐어.

이제는 폐를 끼칠 수도 없고, 천계의 일은 나와 네프기어가 어떻게든 해야 한다고 생각해 둘이 돌아가려 했지만, 너무 쌀쌀맞은 거 아니냐며 모두들 화를 냈어.

결국, 다시 모두가 힘을 합쳐 천계의…… 아니, 세계의 위기를 구하려 하는 순간 생각지도 못했던 협력자가.

그건 매직 컴퍼니의 매직 더 하드와 저지 더 하드. 노노노놀랍게도 두 사람 다 예전에 마제콘느 선생의 제자였다고 해.

매직과 저지는 마제콘느 선생에게 부탁을 받아 놀랍게도 천계에 있는 잇승과 교신할 수 있는 시스템을 만들어 줬어.

"그럼 최근에 계속되는 이상기후는 천계에 있는 지상관리 시스템에 문제가 있어서 그런 거에요?"

'맞아요. 지상 분들에게 피해를 끼치게 돼서 정말로 죄송해요.'

잇승이 이야기하는 천계의 위험한 상황. 이대로라면 이상기후는 점점 심각해지고, 지상도 위험해져.

그걸 해결하기 위해서는 또 다른 세계의 나, 여신 퍼플하트에게서 받은 검을 열쇠로 사용해 시스템을 강제적으로 재기동할 수밖에 없어!

부끄럽게도 지난번에 네프기어와 둘이서 시도했을 때는 실패해서, 나는 지상에 떨어져 기억상실증에 걸렸었지. 이것 참, 한심하게 됐네.

그래서 검에 입력하는 지상 세계의 데이터를 모으기 위해 네프기어가 예전에 신세를 졌던 섬의 분교로 날아갔어!

웅? 나는 쉬고 있었냐고? ……그럴 리 없잖아! 귀여운 동생만 고생을 시킬 순 없지. 시킬 순 없지…… 만…… 이스투와르 기념학원 학생인 이상은 기말시험을 통과해야 한다고 마제콘느 선생이…….

이런 건 조금 봐주면 안 되나?

그럼그럼, 지금부터는 네프기어에게 바통을 넘기는 게……
뭐? 뭐라고? 나는 한 번이면 됐다고? 언니가 정리해 달라고?

그래? 정말로 괜찮아? 정말로 어쩔 수 없다니까. 부끄럼쟁이 같으니라고. 귀여운 동생의 부탁이기도 하니, 내가 간략하게 설명할게?

으음, 네프기어는 느와르의 여동생인 유니짱과, 블랑의 동생인 롬, 람짱과 협력해 거대 오징어와 격투를 하고, 화산의 분화에서 마을 사람들을 구하기도 하면서 데이터를 모았다고 하네요. 음, OK☆

……안 된다고? 왜? 나는 이 이야기 외에는 들은 게 없다고.

VTR이 있다고? 아, 알았어. 알았다고. 제대로 설명할 테니까 VTR 보여줘.

"바로 그거야, 유니짱! 힘내자!"

"모두들 그렇게 기대하면, 힘낼 수밖에 없잖아!"

"우오오오오! 내 학생들에게 손을 대는 자는 용서하지 않는다아아아아!"

채앵!

휘리리리릭!

퍽팍퍼억!

스파바바바밧!

뭐, 뭐, 뭐야 이건!? 커다란 오징어 때문에 힘들었다는 이야기는 들었지만 설마 이렇게 굉장했으리라고는.

그럼, '바다의 균열에서 대괴수 출현!' 스펙터클영화[01] 같은 느

---

01 2013년에 개봉했던 괴수로봇영화, 퍼시픽 림

낌으로!

아, 격추했다! 바로 지금, 거대 오징어를 브레이브 선생이 격추했습니다! 굉장하네요. 강합니다! ……우와, 네프기어 엄청 고생했구나.

화산 분화도 상상 이상으로 굉장했을 것 같은 예감.

"배를 준비하도록 하죠. 많은 사람이 탈 수 있는 것으로."
"섬에서 피난…… 한다는 건가."
"유니짱은, 도망가는 게 싫어?"
"싫은 게 당연하지!"

"…… 산 북쪽에 구멍을 뚫어 용암을 녹이겠다고?"
"확실히 배로 탈출하면 죽는 사람은 없어요. 하지만 저, 알게 됐어요. 무사히 도망친다고 해도 돌아갈 장소가 없다면 아무 의미도 없다는 걸!"
"나의 M.P.B.L과 유니짱의 X.M.B의 풀 파워 사격 타이밍을 잘 맞춰 같은 위치에서 쏜다면……."

훌쩍, 네프기어도 유니짱도 착한 아이들이야.

섬사람들이 무사히 도망쳐도, 마을이 용암에 삼켜지면 모두들 슬퍼할 게 틀림없어. 모두가 섬에 돌아왔을 때, 바로 일상으로 돌아갈 수 있도록 목숨을 걸고 용암의 흐름을 바꾸려 하다니…… 생각은 해도 실행하기는 어렵다고. 굉장한 용기네. 역시 내 동생!

걱정하는 브레이브 선생을 설득해서, 작전을 개시한 네프기어 일행. 이제 어떻게 될까!?

"M.P.B.L 오버 드라이브! 리미트 해제!"
"X.M.B 풀 파워! 모드 엔프레스!"

힘을 쥐어짜 내는 네프기어와 유니쨩. 하지만 상대는 몇백만 년의 세월을 거쳐 거대해진 화산. 생각대로 되지 않아 둘 다 고 전했지.

이젠 안 돼! 늦었어! 포기하려던 그때.

분화로 발생한 열을 식히기 위해 롬쨩과 람쨩이 합류.

이거야말로 불타는 우정입니다! 깊은 인연입니다! 반짝이는 승리 플래그가 지금 떴습니다!

마지막에는 네 명 전원의 힘을 모은 합체 공격이 두꺼운 화산 의 암반을 분쇄! 용암의 흐름을 바꿔 섬의 위기를 구했습니다! 와아, 짝짝짝짝.

네프기어, 그리고 모두들 굉장해!

내가 없는 곳에서 모두들 성장했구나……훌쩍, 감동의 눈물로 모니터가 흐릿해지네.

"……본편은 지금부터 시작이라고, 지금쯤 언니 일행도 자신들의 데이터를 전부 모아서, 학원으로 돌아갔을 거야.

무사히 섬을 지켜내고 축제를 바라보며 그렇게 말하는 네프기어.

이, 이렇게 기대해 주다니.

그렇지. 동생들이 이렇게 크게 활약해서야 언니로서는 질 수만은 없지, 기대에 부응해야겠다고는 생각해.

생각하지만 세상은 그렇게 쉽게 돌아가지 않는다고 할까……

이쪽도 이런저런 사정이 있고…… 그게 말이지…… 으음…….

어찌 됐건! 이야기는 본편에서 계속!

PROLOGUE

"추, 추가시험~?!"

플라네튠 기숙사 1층에 있는 라운지. 그곳에는 눈을 크게 뜨고 크게 소리 지르는 네프기어의 모습이.

마주 앉은 나는, 내가 생각해도 초점이 흐릿하다. 눈 크기를 비교하는 거라면 좋은 승부가 될 거라고 생각하지만,

"그…… 그렇게 됐어."

초점이 흐릿해 네프기어의 윤곽이 희미하게 이중으로 보인다. 나는 네프기어에게 힘없이 말했다.

"그렇다면 아직 데이터 수집은……."

네, 못했습니다.

네프기어에 뒤이어 조심조심 물어본 유니짱의 얼굴도 멍한 표정. 내가 추욱 늘어지자 어색한 공기가 그 자리를 맴돈다.

"유니짱의 활동을 들은 뒤라……. 부, 부끄럽네. 어째서 넵튠 때문에 나까지 이런 부끄러운 꼴을 당해야 하느냐고!"

내 옆에 앉아있던 느와르가 아이스커피를 단숨에 들이키고는 유리잔을 테이블 위에 난폭하게 내려놓으며 힘 빠진 목소리로 그렇게 말한다. 그 뒤에 아그작아그작 얼음을 씹는 소리가 조용한 라운지에 울려 퍼진다.

"서, 설마 언니까지 추가시험을……."

나에게 말을 걸 때보다 더욱더 조심스레, 유니짱이 느와르의 얼굴을 바라본다.

"그럴 리 없잖아! 하나부터 열까지 전부 넵튠 책임이라고! 믿

을 수 없다니까. 학과별 교과를 제외한 기초교양 전부 낙제라니, 머릿속이 어떻게 된 거야, 너는!"

아그작아그작 얼음을 씹어 삼킨 느와르가 화를 내며 내 머리를 주먹으로 꾸욱꾸욱꾸욱.

"아파! 아프다고! 나, 나도 낙제하고 싶어서 낙제한 게 아니야! 어차피 수학 좀 못해도 살아가는데 지장 있는 것도 아니고. 쇼핑할 때 돈 계산 하는 정도면 괜찮지 않아?

"나왔다. 공부가 싫은 아이의 상투적인 문구! 그렇게 자신이 듣기 좋은 말만 하면서 농땡이나 치려고 하니 이렇게 되는 거야! 그리고 지금, 다른 사람들을 말려들게 해서 굉장히 곤란한 상황이라고!"

꾸욱꾸욱꾸욱!

"우와앙, 미안해! 항복! 항복!"

느와르의 꾸욱꾸욱 공격을 참을 수 없어 내가 항복을 하자,

"뭐, 뭐어 느와르 씨. 언니도 반성하고 있는 것 같으니 그쯤 해두죠."

당황한 네프기어가 변호해 준다. 네프기어만은, 어느 때라도 내 편이로구나. 사랑해 네프기어!

"네프기어, 네가 넵튠을 좋아하는 건 알고 있어. 하지만 전에도 말한 것처럼 가끔씩은 엄하게 대하는 것도 중요하다고."

"하아……. 그건 그렇지만……."

저기, 느와르! 쓸데없는 얘기 안 해도 돼.

네프기어도 설득 당하면 안되지.

"어쨌거나!"

네프기어가 눈을 글썽이며 감싸준 게 먹혔던 모양인지, 느와르가 내 머리에서 주먹을 뺀다.

"더 이상 나는 언니로서 동생 앞에서 부끄러운 모습을 보이는 게 싫어. 넵튠도 그렇지? 훌륭하게 임무를 마친 네프기어 앞에서 지지 않고 멋진 모습을 보이고 싶지?"

자세를 바꿔 내 눈을 빤히 쳐다보며 말한다.

"그, 그거야 뭐……."

네프기어도, 유니도…… 지금은 여기에 없지만 롬과 람도, 열심히 데이터를 모았고 섬의 위기까지 구한 건 확실한 것 같다. 느와르가 말한 대로 언니로서 질 수는 없어.

"그럼 잠깐 동안이라도 노는 건 봉인해 둬. 사흘 뒤에 있는 추가시험 때까지 보충수업도 제대로 듣고. 알았지? 여, 여기서 내버려두는 것도 너무하니, 치, 친구로서 같이 있어줄 테니까."

"나도 도와줄게 언니. 밤에도 공부할 거지? 내가 야식 만들어 줄게. 괜찮아, 언니라면 할 수 있어. 같이 힘내자."

그, 그렇게까지 말하면 땡땡이를 칠 수 없잖아.

공부는 정말 싫어하고, 컴파를 위해서 있는 힘을 다해 입학한 뒤에, 요 일 년간은 거의 공부를 안 했지만 그렇게 말할 수도 없고.

"……알았어. 내가 실력을 내면 추가시험이나 보충수업 따위

문제없지!"

자기 자신을 격려하는 것처럼, 나는 주먹으로 가슴을 툭툭 친다.

"그렇게 자신만만하게 말해도 모른다. 말해두지만 내가 같이 있는 이상 봐주는 건 전혀 없어, 각오해 둬."

팔짱을 끼고 의기양양하게 서 있는 느와르가 내 말을 기세 좋게 받아친다.

느와르에게 질문을 한 이후로는 가만히 앉아 주스를 마시고만 있던 유니짱이, 마지막 한 방울까지 빨대로 빨아들이고 난 뒤 이렇게 말한다.

"……역시 언니, 최근에 좀 변한 것 같아."

작은 목소리로 속삭여서, 나는 무심코 흘려버렸지만,

"뭐, 뭐야 갑자기. 어디가 변했다는 건데."

느와르는 그런 유니짱의 행동에 뭔가 걸리는 게 있었던 모양인지, 나에게서 눈을 떼고 유니에게 그렇게 말한다.

"어디라니……. 예전에 잠깐 들렀을 때도 느꼈지만, 예전의 언니라면 '그건 자업자득. 나는 상관없어~'라고 말했을 텐데. 다른 사람에게 신경을 쓰지 않는다고 할까…… 자기 자신이 제일이라고 생각하고……."

몰랐던 거야? 유니짱이 정색하며 대답한다.

"무, 무, 무슨 소리야! 나는 그렇게……. 그, 그래! 넵튠이 어떻게 되든 나랑 상관없어!"

화를 내며 고개를 내젓는다.

"하지만 보충수업, 도와줄 거잖아?"

"그, 그건 넵튠이 어쩌구 하는 문제가 아니라…… 알잖아!"

"뭘?"

"으으…… 이, 이제 됐어! 유니가 말한 것처럼 넵튠이 낙제를 하던 말던 내가 알 바 아니라고! 도와주지 않을 거야! 그래, 넵튠 따위 내버려 두고, 내 힘으로 데이터를 모으면 그걸로 끝……."

앗! 기다려, 기다리라고! 그건 너무해!

잠깐 느와르! 느와르! 어~이!

느와르야 말로 '무슨 소리야!' 라니. 이제는 그냥 듣고 넘어갈 수 있잖아, 듣고 있어? 느와르? 느와르 씨!

오래간만에 내가 주인공으로 복귀했는데 복귀하자마자 이 꼴이라니. 이번에도 힘들 것 같은 예감이!

STAGE 1

I

모 학원 내에 있는 기숙사. 그중에서도 제일 넓은 V 씨(가명)의 방에서 이번 일에 대해 걱정하는 사람들이 모였다.

"정말로 이렇게까지 한심할 줄은 몰랐어."

그렇게 말을 꺼낸 건, 학원 내에서도 정보통으로 알려진 I 씨(가명)이다. 미간을 찌푸리며 몇 번이고 한숨을 짓고 있는데.

"그녀는, 뭐라고 할까요……. 굉장히 유니크한 두뇌의 소유자라."

"……두뇌도 그렇지만, 계획성도 없다니까."

이번에 회의장소를 제공해준 V 씨(가명)과 참가자 중 한명인 B 씨(가명)입을 연다.

하지만 이번 일에 대해 불평을 하고 싶은 건 N 씨(가명)일지도 모른다.

I 씨와 마찬가지로 단정한 얼굴을 괴롭다는 듯이 일그러뜨리며 말한다.

"뭐가 제일 문제라니. 사태의 심각성을 진지하게 생각하지 않는데다가 근거도 없이 어떻게든 될 거라고 진지하게 생각하고 있고…… 머리가 아파."

모두들 표현의 차이는 있지만 문제에 대한 의견은 동일한 듯, 세계의 존망이 걸린 문제라고 해도 과언이 아닌 이번 사태에 대

한 경솔한 행동에 쓴소리를 아끼지 않았다. 유일하게,

"그런 말 하지 말고 협력해 줘요. 오늘도 열심히 했잖아요. 친구라면 마지막까지 응원해 줘야죠."

문제의 학생과 학원에 입학하기 전부터 알고 지내던 사이인 C 씨(가명)만은 편을 들어 줬지만, 과연 그 안타까운 희망이 이루어지는 날이 있을런지…….

……어쩐지 역이나 편의점에서 파는 스포츠 신문 기사 같지만, 실제로도 이런 느낌. 신문의 어려운 뉴스처럼 먼 곳에서 무언가 들려오는 듯한 감각으로, 나는 모두의 이야기를 듣고 있었다.

왜냐하면, 지금 내 머릿속에는 어려운 수식과 억지로 외운 연도들이 빙글빙글. 그것들을 어찌어찌 뇌세포에 기억시키려 하고 있는 중이라 다른 사람들의 목소리를 들을 여유는 없다.

"이, 이제 무리. 하드디스크가 꽉 찼습니다. 아무것도 안 들어가."

내가 참고서를 펼친 채로 모기만 한 목소리로 중얼거리자.

"어리광부리기는, 아직 과제는 반 정도밖에 안 했잖아."

"필요 없는 데이터를 제거하면 괜찮아."

양쪽에서 내 어깨를 붙잡고 N 씨와 B 씨…… 아니 느와르와 블랑이 가차 없이 말한다. 아파, 마음이 아프구나.

"필요 없는 데이터는 없다고. 모두와의 소중한 추억인걸."

그렇게 호소해 보지만,

"……과거를 뒤돌아보기보다는 미래를 살아가야지."

라고 답변이 돌아와 눈에서 눈물이 나온다.

"그, 그럼 쉬는 시간이라도…… 부탁입니다…… 간식을……."

눈물이 어린 눈으로 모두를 둘러보며 그렇게 호소한다.

"어쩔 수 없네. 10문제를 풀면 초콜릿 한 조각. 20문제를 풀면 감자칩을 허가해 줄게."

아이짱의 대답은 비정했다. 하지만 절망에 빠져 있는 내 앞에 한 줄기 빛이.

"…… 기분전환이 필요할지도 모르겠네요."

"베, 벨……. 아니 벨 선배! 벨 언니!"

라스트 보스 같은 느낌으로 나를 내려다보는 아이짱을 중재하며 정진정명 여신의 미소를 짓고 있는 벨이. 손에 들고 있는 리모컨을 조작한다.

오오? 그건가? 벨의 방답게 버튼 하나로 '사랑스러운 쇼트케익' 약자로 SS[02]라던지, '다이나믹 크레이프' 약자로 DC[03]가 배달되는 건가!?

절망적인 상황에서도 기대감에 가슴을 두근거리는 나.

그러자 조금 전까지만 해도 '공부제일!' '어리광은 적이다!' 라

02 SS – 세가의 하드인 세가 새턴
03 DC – 역시나 세가의 하드인 드림캐스트

는 분위기의 살풍경한 방 안이 한 순간에 달라졌다.

예전에 버츄얼 공간을 만들기 위해 개장한(체감 게임으로 놀기 위해서라는 게 굉장하다) 방의 기능을 활용해, 푸르른 숲과 아름다운 화단, 덤으로 반짝반짝 푸른빛으로 빛나는 호수가 방 안에 나타났다.

진짜 벨은 최고라니까. 맛있는 간식을 먹기 위해서는 환경도 중요하다는 걸 알고 있어!

"어때요, 네푸네푸? 이걸로 조금은 기분전환이 됐나요?"

"완벽해! "

벨은 생긋 웃고는 다시 리모컨을 조작한다. 와라 SS! 아니면 DC!

두근거리는 내 앞에, 벽에 비친 파란 호수가 반짝인다. 이윽고 눈을 뜨기 어려울 정도의 빛이 방안을 감싸고, 다음 순간 파문이 일어나는 호수에 날개옷을 입은 아름다운 언니의 CG가 나타났다.

'저는 호수의 요정입니다. 넵튠 씨, 당신이 원하는 건……'

그 언니가 나를 보며 속삭이듯 물어본다.

원하는 거라면…… 디저트! 그건 그렇고 벨도 참. 간식 주문 하나 하는데 연출에 너무 공들였잖아? 개인적으로는 이런 건 대환영이지만.

'당신이 원하는 건 이……'

어떤 디저트가 나오는 걸까. 나는 의자에서 허리를 떼고 몸을 기울였다.

'……고전 문학 문제집인가요?'

"네?"

'아니면, 계산 100문제 드릴인가요?'

그때 넵튠의 기분을 140문자 이내로 적으시오(5점).

……아니, 적을 수 있을 리 없지!

이, 이런…… 이렇게까지 순수하고 가련하고 안타까운 소녀에게 기대감을 가지게 해 놓고, 이 무슨 처사인가!!

나는 할 말을 잃고 힘없이 무너졌다.

"네푸네푸가 즐겁게 공부를 했으면 싶어서, 저도 열심히 생각했어요."

"벨 굉장하네요. 이렇게 한다면 공부도 게임처럼 할 수 있을 거예요. 다행이에요, 네푸네푸!"

다행이긴 뭐가!

그렇게 겉모습을 꾸민다고 해서 속아 넘어가지 않아.

게임처럼이라고 해도 결국 공부는 공부잖아. ……자업자득? 그, 그런 건 알고 있어. 하지만 조금 위로해 준다고 해도 나쁜 건 아니잖아?

"……우와, 잘 낚아서 언제쯤 터질까 했는데, 상상 이상으로 빈틈이 없네, 빈틈이 없는 만큼 잔인하다고나 할까. 벨도 꽤 하는데?"

"그렇게 냉정하게 분석하지만 말고 아이짱도 조금은 동정해

주지?"

"불쌍하게도, 명복을 빕니다(영혼 없는 목소리)."

"전혀 감정이 깃들어있지 않잖아!"

"나도 이번에는 실기에 도움을 많이 받아서, 이런 비참한 꼴을 당하지 않도록 다음부터는 공부도 해둬야겠어."

"반성의 재료가 되고 있는데."

아아! 알았어. 알겠습니다. 이렇게 되면 할 수밖에 없어. 케이크는 어쩔 수 없더라도, 20문제를 풀면 감자칩을 준다고 약속했으니까. 처~천히 먹고 누가 뭐래도 휴식시간을 얻어내자!

그걸 위해서는 작전도 중요하겠지. 아까까지는 역사랑 수학을 했으니까, 계속 계산만 하면 못 버틴다고. 벨도 말했듯이 기분전환도 중요하니까. 고전문학을 선택하자, 결정!

"그럼 고전문학!"

'……그럼 계산 100문제 드릴, 스타트!'

"잠깐만!"

나 그건 선택하지 않는데? 벨, 어떻게 된 거야?

"시간제한이에요 네푸네푸. 시간 안에 고르지 않으면 랜덤으로 선택하도록 프로그램이 돼 있어요. 그러니까 결단력도 중요하죠."

그, 그런 중요한 건 빨리 말하라고!

"응응, 하려면 철저하게 해야지. 이럴 때 호흡을 맞추지 못하는 건 존경스럽다니까. 네프코."

아, 안 되겠어 이 녀석들……. 빨리 어떻게 하지 않으면…….[04]

모두들 같이 한다는 발상이 처음부터 잘못된 건지도. 생각해 보면 처음에 아이짱이나 느와르와 만났을 때도, 내 기억을 찾는다고 할 때도 비슷한 전개였던 것 같아.

'그럼 첫 번째 문제'

바보, 나는 바보야. 어째서 인간은 같은 실수를 반복하는가!

CG 언니의 공허한 목소리가 울려 퍼지는 중에, 나는 슬픈 자신의 운명을 저주했다.

……이제 아무래도 좋아. 나의 라이프는 이미 제로라고.[05]

II

지옥.

그래, 지옥 같은 사흘이 지나갔다.

보통 때는 학교가 정말 즐거웠는데 '학생이라는 건 정말 힘들구나'라고 느낀 사흘이었어.

나 정도는 아니더라도, 이렇게 매번 고생하는 세상의 학생들에게는 하늘하늘 귀여운 아이돌 의상으로 응원가라도 부르고

---

04 데스노트의 주인공 라이토의 대사
05 유희왕에 나오는 대사

싶어진다.

하지만 첫날에 나락으로 떨어진 게 다행이었는지, 처음부터 강하게 나간 덕분에 무사히 뛰어넘을 수 있었을지도.

보충수업&자습 때에는 담임선생이나 다른 사람들을 귀신, 악마라고 말했던 것 같지만(도중에 세 번 정도 블랑이 분노 모드로 돌변해 힘들었지만) 이렇게 되돌아보면 함께 있어 줘서 고맙다고 생각하게 된다.

그러니까.

"……상황이 상황이니 조금은 봐주도록 할까."

학장실에서 추가시험을 친 후에, 답안지를 채점하는 마제콘느 선생이 그렇게 말했을 때에는 일종의 달성감을 느꼈다.

"다행이네요. 네푸네푸."

"고마워, 컴파. ……그리고 모두들. 힘들게 해서 미안해."

경사스럽게도 합격통보를 받은 나는 학장실에 모인 모두를 향해 꾸벅 인사했다.

"다음에는 정말로 상대해 주지 않을 거야!"

느와르. 그런 말 하지 말고.

"……덕분에 나도 잠을 설쳤어."

블랑, 신세를 많이 졌습니다.

"언제나 그렇게 해준다면 돌봐주지 않아도 되겠지만."

그렇게 말했지만, 아이짱도 나를 내버려두지 않으면서.

"일단, 이 문제는 클리어네요."

응응, 연출은 완벽하고 인정사정없었지만, 벨이 공부를 게임처럼 하게 해준 덕도 있어!

끝이 좋으면 모두 좋은 법, 고개를 든 나에게 쏟아진 모두의 시선은 다정했다. 언제나 말하는 거지만 친구란 건 좋구나.

이렇게 감동에 젖어 있으려니.

"너희들 한가하게 있을 때가 아니야. 누구 덕분에 이쪽 스케줄이 늦춰졌다고. 출발 준비는 됐지?"

통, 마제콘느 선생이 긴 손톱으로 책상을 툭툭 치며 엄격한 말투로 그렇게 말한다.

"네, 괜찮아요."

모두들 등을 펴고 마제콘느 선생을 바라보자, 느와르가 그렇게 대답한다.

"그럼, 따라와."

마제콘느 선생은 고개를 끄덕이고 책상 위에 있던 ID카드를 손에 든다.

따라오라니 어디로?

물어볼 틈도 없이 마제콘느 선생을 하이힐 소리를 내며 학장실을 나서고, 우리들은 급히 그 뒤를 쫓는다.

마제콘느 선생은 가만히 걸어가다 복도의 막다른 곳에 있는 엘리베이터에 타더니,

"빨리 오라고."

그제야 우리들을 돌아보고는 귀찮다는 듯이 집게손가락을 움

직여 부른다.

공기가 긴장된 건 역시 내 탓에 스케줄이 늦어져서? 아니면 다른 이유가?

옆에 있는 아이짱에게 눈짓으로 말을 걸어 보지만 아이짱도 '글쎄'라는 듯이 어깨를 으쓱거린다.

여기서 멍하니 있을 수도 없어, 우리들도 종종걸음으로 엘리베이터에 탔다.

거기서 마제콘느 선생은 알 수 없는 행동을 했다. 층수가 써 있는 엘리베이터 버튼—본 적은 있지? 가고 싶은 층의 버튼을 누르면 불이 켜지는 그거—를 여기저기 엉망으로 누르기 시작했다.

그러자 놀랍게도 불이 전부 켜지고는 다시 꺼진다. 그리고 엘리베이터가 움직였다. 아마도 밑으로 내려가는 것 같다.

"……암호인가요?"

왜 엉망으로 버튼을 눌렀는지 제일 먼저 눈치챈 아이짱이 마제콘느 선생에게 물어본다.

"그래, 이 암호는 학원의 직원 중에서도 일부밖에 몰라. 그리고 버튼이 지문 센서라서 등록된 지문이 아니면 암호를 입력해도 안 되지. ……에이전트과의 우등생이라도 이 암호를 푸는 건 어려울걸."

마제콘느 선생을 희미한 미소를 지으며 대답했다.

그 말에 조금은 울컥했는지.

"방법이 몇 개인가 생각나지만…… 얌전히 있을게요."

진짜인지 그냥 해보는 말인지, 트레이드 마크인 떡잎 모양 리본을 바로잡으면서 아이짱이 그렇게 말했다. 아이짱은 기본적으로는 지는 걸 싫어하니까. 지는 걸 싫어하는 건 아이짱만은 아니지만.

그렇게 말하는 도중에도 엘리베이터는 점점 아래로 내려간다.

그건 그렇고…….

"많이 내려가네요. 이미 1층은 지나친 것 같은데요."

벨이 내 생각을 대변하듯 그렇게 말한다. 엘리베이터에 타고 있는 시간이 길게 느껴진다.

지하 깊은 곳에 있다는 건 누구나 상상하겠지만, 이 앞에 무엇이 기다리고 있을까.

땡, 소리를 내며 엘리베이터가 멈췄다. 문이 열리자 천장도 바닥도 벽도 전부 차가운 금속으로 만들어져 있는 짧은 통로가 있고, 그 앞에 금속으로 만들어진 무겁고 튼튼해 보이는 문이 보인다.

마제콘느 선생은 연보랏빛 조명을 받고 있는 문 저편으로 우리들을 데려가려는 것 같다.

마제콘느 선생이 문 옆에 있는 카드 리더기에 책상에서 가져온 카드를 긁자, 쉬익, 하고 공기가 빠지는 듯한 소리와 함께 문이 좌우로 열렸다.

동시에 문 저편에서 밝은 빛이 흘러들어와 우리들의 눈을 찌른다.

"네픗! 눈부셔!"

순식간에 일어난 일이라 나도 모르게 눈을 깜박깜박. 이윽고 빛에 익숙해진 내 눈에 들어온 것. 과연, 그것은!

"뭐, 뭐야 이건!?"

쨔쟈쟌쨔자잔~♪ 이라는 기대를 더하는 BGM이 멋대로 머릿속에 울려 퍼지고, 나는 나도 모르게 소리를 질렀다.

"비행기…… 인가요?"

그래. 컴파의 말대로, 그곳에는 비행기 한 대가 놓여 있었다.

학원의 체육관이나 강당…… 아니 그것보다 넓으려나? 어찌됐건 엘리베이터로 지하(아마도)로 내려가면 있는 넓은 공간에, 비행기가 한 대, 떠억.

거기다가 공항에 있는 제트 여객기나 프로펠러기가 아닌 좀 더 메카 분위기가 나고 튼튼한 그 이름도 '초시공'[06]이라던지…… 아니 역시 '초차원'이겠지? 그런 이름이 붙을 법한.

"…비행기, 아니 전투기?"

그래, 그거야 블랑, 전투기.

검은색에 가까운 진한 보랏빛 기체는 슈팅게임에 나오는 초고성능 전투기 바로 그 모습이다.

"그건 그렇고 너무 크지 않나요? 보통 전투기는 혼자서 타는

---

06 1980년대를 대표하는 애니메이션. 초시공 요새 마크로스

거 아닌가요?

그 커다란 기체를 보고 느와르가 말했다.

"안에 몇 명쯤 생활할 수 있을 것 같은 크기네요. ……실제로 캡슐 호텔 같은 방이 있다던가?"

라고 벨이 말한다.

"아, 나도 그렇게 생각했어. 그리고 화장실에서 원래 종족으로 돌아간다거나."

"처음에는 엔진 출력이 부족해서 산을 넘지 못해 고생하겠네요."

"파워업하면 전투를 서포트해 주거나. ……벨도 제법인데."

"게임 지식이라면 지지 않아요.

그렇게 벨의 오타쿠 토크에 나도 어울려 제멋대로 말하고 있자니.

"학원 비장의 고속VTOL이다(수직난착륙기). 이걸 너희들에게 빌려주지. 이 기체라면 정글이나 설원이라도 날아갈 수 있어. ……아이에프, 너에게 이걸 맡길게."

마제콘느 선생은 깜짝 놀라 들떠 있는 우리들을 심각한 얼굴로 바라보며 정장 주머니에서 다른 카드를 꺼내 던졌다.

아이에프는 그 말에 반응해 공중에서 카드를 잡는다.

"……마제콘느 선생, 이건?"

"그 기체의 기동키와 전자 매뉴얼이야. 카드 오른쪽 위의 동그란 인장을 손가락으로 눌러봐."

"동그란 인장…… 이거네요."

마제콘느 선생의 말대로 카드를 누르는 아이짱. 나를 포함해 모두 아이짱 주변을 에워쌌다.

그러자 카드 위에 입체영상으로 책 모양이 떠오르고 아이짱은 그걸,

"이렇게 하면 되나?"

스마트폰 화면을 손가락으로 조작하는 것처럼 스르륵. 조작 방법이 맞는 듯, 페이지가 넘어가는 애니메이션 뒤에 문자가 나타났다.

"아이짱, 뭐라고 쓰여 있어? 빨리 읽어봐 빨리, 빨리!"

"아아, 시끄럽네. 조금만 기다려 봐. ……어디 보자,

'이건 파이널 하드호, 별명 하드…….'

어라? 여기만 문자가 지워져 있네. 뭐 상관없겠지.

'파이널 하드호의 매뉴얼입니다. 이 매뉴얼을 참고로 해 올바른 용법을 지켜 사용해 주십시오. 목차 1.사용 전에' ……어, 어쩐지 전투기라기보다는 감기약 설명서 같은데…."

파이널 하드호!

이 전투기, 파이널 하드호라고 하는구나. 모양도 그렇지만 이름도 여러 가지로 마음을 자극하잖아.

"이건 넘어가고…….

'조작에는 '더블스틱'을 사용합니다. 스틱을 두 개 동시에 앞으로 밀면 전진합니다. 좌우로 여는 듯이 조작하면 기체가 상

승, 중앙으로 닫는 듯이 조작하면 기체가 하강합니다. 또한, 스틱 위에 있는 대시버튼을 누르면서……'

"……게임이냐?! 뭐야 이 대시버튼은. 비행기는 보통 대시하지 않는다고!"

도중에 깜짝 놀란 아이짱이 딴죽죽을 걸면서 매뉴얼에서 눈을 떼고 마제콘느 선생을 바라본다.

"어, 어쨌거나 제가 이 파이널 하드호를 조작해서 네프코 일행을 데려다 주면 되는 거죠?"

"그래."

"왜 저를?"

"단순한 역할 분담이야. 실제로 여신으로 변해 조사하는 네 명 이외에 맡길만한 사람은 너밖에 없어. 넵튠에게 조작을 시킬 수도 없고."

"그건 그렇네요."

아무렇지도 않게 상처받을 말을 하는 마제콘느 선생과 부정하지 않고 고개를 끄덕이는 아이짱. 둘 다 너무하네.

"알겠어요. 제가 책임질게요. 궁금해서 물어보는 건데 어째서 이런 게 학원 지하에 있는 거죠?"

아이짱은 전자매뉴얼을 지우고 카드를 얼굴 앞에 들어 올리며 마제콘느 선생에게 물어본다.

"숨길 생각은 없지만 느긋하게 이야기할 틈이 있나? 오늘부터 종업식까지 수업은 없지만…… 멍하니 있다가는 봄방학이 없어진다고."

아이짱의 질문에 아무렇지도 않게 무서운 대답을 하는 마제콘느 선생.

노, 농담이 아니야. 아이짱의 호기심 때문에 봄방학이 없어지다니 말도 안 돼. 보충수업에 추가시험으로 너덜너덜해진 나에게 필요한 건 휴식!

휴식은 중요합니다. 절대 사수!

나는 아이짱의 등 뒤로 슬금슬금 다가가 손을 뻗어 입을 막았다.

"으읍!?"

"그런 이야기는 나중에 천천히 하자! 지금은 일각을 다투는 사태니까."

"네가 할 말이냐?!"

내 손을 뿌리치며 아이짱이 외친다.

마음은 알고 있어. 알고 있지만.

"봄방학에는 시골집으로 돌아가서 주변 분들에게 인사를 하고 싶어요. 그러니까 방학이 줄어들면 큰일이에요."

"나도 이번 여름 이벤트를 대비해 소설을 써야 해."

"모든 온라인 게임은 봄방학 때 입학, 취업축하 캠페인을 한다고요. 집을 나가지 않을 각오로 PC앞에 서지 않으면 이벤트를 전부 즐길 수 없어요."

거봐, 나만이 아니라 모두들 이렇게 말하고 있잖아.

유일하게 느와르만은,

"……그런 개인적인 사정을 말할 때가 아니잖아. 얼마나 중요한 일인지 모르겠어?"

언제나의 우등생 페이스로 고개를 절레절레 젓고는,

"이제 충분해. 빨리 가자. 아이에프, 승강구가 있겠지? 빨리 열어줘."

봄방학 일정을 말하는 우리들의 엉덩이를 걷어찼다.

그 말을 들은 아이짱도, '동감이야'라고 말하고는 다시 전자 매뉴얼을 불러낸다.

"어디 보자."

'정원은 10명입니다. 타기 전에 기체에 파손이나 상처가 없는지 확인하고, 동체 중앙에 있는 커버를 열어 전원 버튼을 길게 누르면……'

……그러니까 게임기냐고!

III

도착했습니다. 열대 정글에!

아아, 기다려! '넵튠군, 아무리 그래도 과정을 너무 많이 생략한 거 아냐?'라던지 '그럴듯한 이륙 시 연출은 없는 거야?'라고 말하고 싶은 건 안다고, 알고는 있지만.

그게 없었는걸.

들뜬 마음으로 전투기에 타니, 인테리어가 '도시로 나온 나는 처음으로 혼자 살게 돼서 이것저것 열심히 꾸며 봤습니다' 라는 느낌의 귀여운 객실이니, 그쪽으로 불타오르는 건 무리. 누가 무슨 생각으로 이렇게 꾸민 거야? 컴파는 굉장히 좋아했지만.

뭐, 그건 참고 넘어가고, 문제는 출격 신이었어.

학원 지하의 비밀격납고에서 출격한다고 하면, 불타는 BGM에 맞춰 폭포 뒤에서 출격한다든가, 고층빌딩으로 위장한 기지에서 게이트가 뻗어 나간다던가 이것저것 많잖아? 그런데 그런 건 전혀 없어!

격납고의 천장이 열리고 파이널 하드호를 태운 엘리베이터가 천천히 올라가더라고? 나는 두근두근 기대하고 있었어. 폭포일까? 빌딩일까? 바위산도 좋은데.

······그런데 목장이라니, 목장. 생각도 못 한 전개야.

농업축산과의 모두가 관리하는 넓은 목장으로 도착해, 양이 메에~ 소가 음메에~ 다들 멍한 눈으로 갑자기 나타난 비행기를 올려다보니 뭐가 불타오르겠어?

"······과연, 합리적이네. 여기라면 면적도 넓고, 발진의 충격으로 다른 학생에게 폐를 끼치지도 않아."

냉정하게 말하며 손뼉을 치는 블랑도,

"······하지만, 조금은 심심하네."

라고 말했어. 나로서는 조금이 아니지만.

속으로는 분명히 나보다도 더 기합이 들어갔던 아이짱도 완전히 한 방 먹은 느낌으로.

"으음…… 출발할 건데 괜찮지? 안전벨트는?"

긴장이 풀린 대사라 조금은 안타까웠어.

발진한 후의 여정도 평화 그 자체. 굉장한 번개구름에 돌진하면 하늘에 떠오르는 성의 모습이 보인다거나[07] 하는 드라마틱한 전개는 없었어.

그러니까 괜찮아. 그만두자. 이 이야기는 이걸로 끝.

중요한 이벤트는 지금부터라고, 지금부터!

미개의 정글에서 은밀하게 살아가는 진귀한 동물의 사진을 찍어 엄청난 특종이 되고, 출격 시의 멍한 느낌을 한 번에 지울 만한 뭔가를…… 한 번 계획이 무너지면 계속 어긋난단 말이야…….

"동물이 없네요."

정글 속에 있는 공터에 파이널 하드호를 착륙시키고, 지금부터 탐색을 시작! 한 것 좋지만 컴파가 말한 대로 주변은 조용한 게 생물의 기척은 없다.

"어라? 이상하네. 내 이미지로는 '아, 저건! 전설의 괴수 게하곤! 좋았어, 포획한다! 우와 위험해! 모두들 대장인 나에게서 떨

---

07 천공의 성 라퓨타

어지지 마!' 이런 전개일 텐데."

아무래도 헤쳐나갈 수 없는 사태가 계속돼서, 욕구불만이 쌓여만 간다.

"그런 세기의 괴수가 쉽게 모습을 보이면 그거야말로 이상하지. 바보 같은 소리 하지 말고, 빨리 조사나 하자."

그런 나의 마음도 모르고, 느와르가 내 머리를 툭 친다.

"뭐어~. 하지만 네프기어는 천연기념물인 대왕오징어 몬스터랑 싸웠잖아."

재미없어. 네푸네풋. 나는 입을 삐쭉 내밀었다.

"……비행기 착륙에 놀라서 도망갔을지도 몰라."

"네프기어짱이나 유니짱의 말에 의하면 데이터 회수용의 센서와 나노머신을 살포했을 때 조우한 것 같아요. 그렇다면 저희도 똑같이 해보면서 살펴보는 건 어떨까요?"

으음, 나는 그런 소극적인 방법이 아니라. 좀 더 정글 숲을 엉금엉금 기어가는 게 성미에 맞지만……. 블랑이 말하는 것도 일리가 있으니 말한 대로 하는 게 좋으려나.

"하지만 그걸로 잡을 수 있으려나? 게하곤."

"뭐야, 그 게하곤이라는 수수께끼의 생명체는. 쓸데없는 얘기하지 말고, 네프코도 같이 짐 내리는 거나 도와줘."

느와르의 딴죽에 이어, 아이짱에게도 엉덩이를 얻어맞아 나는 '네에'라고 대답하면서 아이짱의 뒤를 따른다.

파이널 하드호 안에는, 마제콘느 선생이 미리 지시해 쌓아둔

물자가 있었다. 네프기어 일행도 사용했던 데이터 수집용의 기계와, 식료, 탐험용의 옷. (교복을 입고 정글을 돌아다닐 수는 없으니까)

하지만, 아무래도 신경이 쓰이는 건 탐험용 옷이 들어있는 박스에 '연극부 비품'이라고 써 있는 건데…… 괜찮을까?

"우리 연극부는 리얼리티를 추구하니까 괜찮아. 의상이라고 해도 제대로 된 걸 거야. 내가 보증할게."

그래? 의상에 관해서는 보는 눈이 있는 느와르가 그렇게 말하니 문제없겠지?

그럼 기분을 전환해 세계의 신비를 발견하러 가는 퀴즈프로그램의 마스코트 인형이 입고 있는 듯한 탐험대! 느낌이 나는 옷으로 갈아입은 뒤에. 괴수 게하곤을 탐색…… 이 아니라. 생체 데이터 수집개시!

"모두들, 약이랑 붕대 같은 응급도구도 많~이 가져왔으니까. 힘내세요!"

튼튼해 보이는 케이스를 툭툭 치며 컴파가 밝게 이야기한다. 정말로 든든하지만 그 케이스, 계속 들고 갈 건가? 굉장히 커 보이는데 괜찮을까?

그것도 상처가 날 거라는 전제하에 이야기하는 것 같은데, 컴파에게 악의가 없다는 건 알고 있으니 그냥 넘어가자.

일단은 네프기어의 보고에 따라 정글에 흩어져 나노머신이 들어간 먹이를 뿌리고 센서를 설치…….

"와라 게하곤!"

"……안 온다니까."

꿈이 없는 느와르의 딴죽은 가볍게 흘려 넘기고 기다리기를 두 시간.

게하곤은 넘어가더라도 보기 드문 뱀이나 도마뱀이나 귀여운 원숭이를 관찰하면서 데이터를 모을 수 있겠지? 라는 기대를 한 우리들이었지만.

"안 오잖아! 아무것도!"

계속 기다리지만 센서는 꿈쩍도 하지 않는다.

"…… 벌레는 몇 마리 있었던 것 같지만, 샘플로 하기에는 부족하네."

"아무래도 이상한데. 동물원처럼 가면 바로 만날 거라고 생각은 안 했지만, 새 한 마리도 나오지 않는다니 어쩐지 기분 나쁘네."

그건가? 아까 블랑이 말한 것처럼 비행기에 놀라서 밀림 깊은 곳으로 도망쳤을지도.

그렇다면 여기서 기다리기만 해서는 안 된다는 건가? 불안해진 내 머릿속에 마제콘느 선생이 한 말이 되살아난다.

'멍하니 있다가는 봄방학이 없어진다고.'

진다고다고다고다고다고다고……. (에코 연출)

"기다리기만 하면 안 돼! 공격하자!"

주먹을 꼭 쥐고 나는 선언했다. 선언과 동시에 뒤로 돌아 파이널 하드호로 달려간다.

"네푸네푸! 어디로 가는 건가요!"

"기다려 봐! 쓸모있는 물건이 있는지 찾아볼게!"

숨을 헐떡이며 파이널 하드호의 창고로 달려가 이 정체를 역전시킬 수 있는 게 있는지 찾아본다.

냄비, 솥, 프라이팬…… 은 지금은 필요 없고. 아, 간식용 초콜릿은 주머니에 넣어두자.

그 외에는…… 이건 마취탄? 끈끈이? 음, 공격이라고는 했지만 이건 아닌 것 같은데. 어쩌려나.

동물들이 우리를 경계하는 거라면 경계를 안 하게 하면 되겠지? 카모플라쥬? 위장? 그게 아닌가. 변장?

팔짱을 끼고 생각해 본다. 머리 한구석에 반짝임의 씨앗이 태어나는 것 같기도 하고, 아닌 것 같기도 하고……. 좀 더 커져라! 아무 의미 없이 머리를 앞뒤로 붕붕 흔들어 본다.

"아야야!"

나도 모르게 머리를 세게 흔들다가 뒤에 쌓여있는 상자에 머리를 부딪쳤다.

상자의 균형이 무너진 듯, 위에 있는 상자가 눈앞으로 떨어진다.

아, 위험해…… 자칫했으면 대참사가 일어날 뻔했네.

가슴을 쓸어내린 후에 방해되지 않도록 떨어진 상자를 치우려 한 순간 알게 됐다.

"어라? 이 상자도 '연극부 비품'이네."

지금 입고 있는 탐험복도 연극부에서 제공(아마도)한 거지만, 다른 것도 실려 있었구나.

띠리리리띠리리리~ ♪솟아오르는 호기심에 녹색 옷을 입고 삼각형 모자를 쓴 그 아이[08]와 같은 심정으로 항아리를 연 순간……

"이, 이, 이건!"

띠리리~ ♪

맑게 울려 퍼지는(물론 머릿속에서) 보물 획득의 멜로디와 함께 나는 무심코 소리를 질렀다.

IV

"뿡뿡뿡, 우사기입니다!"

"신성하게 빛나는 극채색의 아름다운 날개. 저는 극락조랍니다."

"소리도 없이 숨어드는 밀림의 헌터. 검은 표범이야."

좋아, 좋아 셋 다 좋은데. 컴파도 벨도 느와르도 이미지랑 잘 어울려!

08　드래곤 퀘스트 7의 주인공

"……"

어라? 블랑은 아무 말도 안 하는 거야?

"……코알라는 잘 울지 않는 동물이니까."

아, 아아. 그런…… 설정을 중시하는? 그게 블랑답지만."

"그런데 네푸네푸의 복장은 뭔가요? 도넛 가게의 마스코트 ⁰⁹ 같은데요?"

"아, 아니야! 아니라고! 동물이라고 하면 백수의 왕 사자지! 보면 모르겠어! 가오!"

머리 주변에 있는 갈기를 흔들고 눈썹을 번뜩이며 위엄 있는 울음소리를 내본다.

"귀여운 사자네요."

"그럴 때는 예의로라도 늠름하다고 말해 줘야지. 컴파. 하지만 컴파의 토끼도 굉장히 사랑스러운걸."

그럼, 이쯤 해서 눈치챘을 거라고 생각하지만, 이거야말로 내가 창고에서 가져온 비밀병기, 동물 인형 옷!

아마, 연극부에서 탐험복을 빌려서 쌓아놓을 때 착각해서 다른 의상도 가같이 쌓아둔 게 아닐까 생각되지만, 착각은 착각이라도 이건 좋은 착각. 누군지는 모르겠지만 담당자 굿잡!

동물들이 우리를 경계한다면 우리가 동물이 돼서 "우리들은 적이 아니야. 무서워하지 마."라고 어필한다면 분명히 안심할

---

09 미스터 도넛의 마스코트인 폰데라이온

거야.

다만 한 가지 문제는······.

"아이짱, 이제 포기하고 나와."

다른 사람들이 자신이 고른 인형 옷을 자태를 뽐내는 중, 아이짱만이 파이널 하드호의 그늘에 숨어서 꼼지락거린다.

포기를 못 하는 성격이라니까.

"아이짱!"

"미, 믿을 수 없어! 이럴 때는 모두가 네프코의 바보 같은 계획에 딴죽을 걸어야지! 왜 그런 부끄러운 모습으로 즐거워하는 거야!"

"그런가? 넵튠치고는 좋은 아이디어라고 감탄하고 있었는데."

"······동물 모습으로 위장하는 건 일리가 있다고 생각해."

"거봐 느와르랑 블랑이 좋다고 하잖아. 그렇게 걱정하지 않아도 괜찮으니까. 나를 믿어!"

슬슬 답답해져서 나는 기체 뒤로 돌아 아이짱을 끌어냈다.

"뭐야 투덜거리면서도 제대로 입고 있네. 그럼 간다! 시간이 없으니까 서두르자!"

"이, 이건 분위기에 휩쓸려서 슬쩍 입어본 거니까······ 여, 역시 안 돼! 내가 지금까지 쌓아온 쿨한 이미지가······. 이스투와르 기념학원에 부는 한 줄기 바람으로서의 프라이드가······."

지금 와서 무슨 소리야. 예전에 메이드복까지 입었으니 이 정도는 괜찮아! 자, 등장!

억지로 모두의 앞에 데려가니 컴파는 '와아!'라며 환호성을 지른다.

"펭귄이네요. 아이짱 굉장히 귀여워요!"

"그 모습이라면 충분히 '쿨'하네요. 걱정할 필요 없어요."

"……쿠, 쿨이란 건 그런 뜻이 아니라고! 그리고 내가 왜 펭귄인 거야! 정글에 무슨 펭귄이 있냐고!"

"연극부 의상에 불평을 해도 어쩔 수 없잖아. 정 그러면 내 검은 표범이랑 바꿀래?"

"……굳이 말하자면, 토끼도 사자도 정글에는 없어."

"그런 문제가 아니라고…… 하아, 이제 됐어. 이번에는 어울려 주지만 알고 있지? 네프코? 아무 성과도 없으면 저주할 거야. 저승행이다!"

우와아……. 아이짱의 눈, 진짜야. 이, 이건 어떻게든 성공해야 해.

"그럼 간다. 세계의 평화와 우리들의 봄방학을 지키기 위해!"

기합을 넣기 위해 빙 둘러서서 구호를 외친다.

이번에야말로 아까 전보다도 정글 깊숙이 돌입하는 우리들 이스투와르 기념학원 동물군단.

하는 일은 아까와 똑같지만 그만큼 분장의 효과가 시험대에 오르는 상황이라…… 아이짱의 손으로 저승에 끌려가는 걸 막기 위해서라도 실패는 용서되지 않는다.

동물들이 먹이를 먹으러 올 것 같은 장소를 찾아 거기에 나노머신이 들어간 먹이를 뿌리고, 들키지 않도록 수풀 같은 곳에 숨겨 센서를 설치…… 따, 따분하네. 역시 따분해 이거!

네프기어 일행은 이런 따분한 작업을 해왔던 거야? 성실하다니까. 내 동생이지만 존경한다.

"아아~ 이제 질렸어. 역시 게하곤 같은 무언가가."

"쉿! 조용히 해. 조금씩이지만 데이터가 모이고 있다고. 역시 변장이 효과가 있는 것 같아. 저기 보라고 넵튠, 네 앞에."

느와르가 지루한 작업에 따분해 하는 내 머리를 위에서 누르며 작게 귓속말한다.

내 눈앞에 뭐가 있다는 거지? 느와르가 가리키는 곳으로 눈을 돌리니…… 오오!

"원숭이다!"

"조용히 하라고 했잖아. 놀라게 하면 도망친다고."

아, 그렇지. 미안해. 당황한 나는 자신의 입을 손으로 막는다.

그런 내 앞에서 원숭이들은 아까 우리가 뿌린 먹이를 야무지게 모으고 있다. 아하하, 귀여워라. 겨우 경계를 푼 건가.

"저기저기, 저 원숭이들을 따라가 볼까. 더 많은 동물이 있을 수도 있잖아."

"들키지 않도록 조심해야 해요. 네푸네푸."

"OK, OK."

주운 먹이를 소중하게 안고 정글 속으로 나아가는 원숭이들을 쫓아, 우리들도 나아간다. 그때쯤 되니 머리 위 높은 곳에서 새의 울음소리가 들리기 시작해 이제서야 야생의 왕국 같은 느낌이 든다.

주변을 둘러보니, 지금까지 본 적이 없는 기묘한 식물이나, 화려한 색의 꽃으로 가득하다.

그래 그래, 이거야. 이런 걸 보고 싶었다고. 넥타이를 한 고릴라가 바나나를 채집한다면 더할 나위 없지만.

즐거워져서 나도 모르게 걸음이 빨라진다.

"네푸네푸, 천천히 걸어가요. 혼자만 가면 안 돼요."

뒤에서 들려오는 컴파의 목소리도 무시하고 태어나서 처음 경험하는 진짜 정글에 들뜬 나는.

"괜찮아, 괜찮아. 원숭이도 먹이를 가지고 돌아가는데 집중하고 있고, 그런 세세한 거에 신경 쓰지 않아도 된다니까."

어느새인가 동물처럼 몸을 낮게 하고 걷는 것도 잊어버리고 대담하게 한걸음 내디딘 그때.

—푸욱.

"어라?"

그때까지는 제대로 지면에 발을 딛고 걷고 있었는데, 갑자기 발밑이 이상할 정도로 부드럽다. 한쪽 발이 무릎 근처까지 묻힌 걸 눈으로 확인하려 한 순간.

지면에서 갑자기 솟아나온(그렇게 보였다) 무언가가 나의 전신을 감싸더니.

—부웅!

채찍으로 치는 듯한 바람을 가르는 소리와 함께, 내 몸이 붕 뜨는 게 느껴졌다.

"우아아아아아아!"

갑작스럽게 일어난 일에, 지금 뒤쫓고 있는 원숭이의 울음소리 같은 새된 비명이 내 입에서 흘러나온다.

"네푸네푸!"

"네프코!"

자자잠깐! 뭐지!? 무슨 일이 일어났지!?

영문을 알 수 없어 손발을 파닥파닥 움직이자, 인형 옷 너머로 꺼끌꺼끌한 밧줄을 만지는 것 같은 감촉이 느껴졌다.

아, 아니야. 밧줄이 아니라.

"……어라? 그물?"

틀림없이, 진정하고 자세히 보니, 그건 풀과 나무껍질로 만든 수제 그물이었다.

다시 말해 나는 지금, 그 그물에 온몸이 묶인 데다가 대롱대롱 매달려…… 에에!? 어떻게 된 거야?

나의 의문은 바로 풀렸다. 아무래도 나, 덫에 걸린 것 같아.

'히호호호이!"

"다았잡! 다았잡!"(※ 어쩐지 모르게 그렇게 들렸다는 거야)

어떻게 알게 됐냐 하면 나를 붙잡은 장본인들이, 묘한 함성과 함께 튀어나왔든. 그물 너머로 대충 봐도 10명 이상은 되는 것 같아.

전원이 허리에 천 한 조각이라는 기본 스타일에 플러스 알파로, 크고 괴상한 가면이나 깃털로 장식한 사람들이 수풀 속에서, 나무 위에서 일제히!

……이, 이건 설마…… 설마, 세기의 진기한 동물과 맞먹는 정글의 클리셰, 미지의 원주민!?

"이 녀석들 어디에서 튀어나온 거야!? 내가 기척을 전혀 느끼지 못하다니!"

내 바로 아래에서 보이는 펭귄…… 이 아니라 아이짱이 붙잡힌 나를 구하려 뛰어들며 그렇게 말했다.

그리고,

"우와앙! 그만두세요! 놔 주세요!"

"앗! 컴파!"

조금 떨어진 장소에서 컴파가 밧줄에 묶여 넘어지고 원주민들이 그걸 창으로 쿡쿡 찌르는 게 보였다.

이건 위험한데, 위험한 전개다!

"컴파를 놔줘! 어쩔 수 없네. 이렇게 되면 변신해서……."

나를 사냥감으로 생각하고 덫으로 잡는 건 봐준다고 쳐도, 컴파에게 손을 대는 건 용서 못 해! 잘 보라고, 내가 마음먹으면 무섭다니까.

온몸에 힘을 모아 변신! 하려는 때,

"기다려 넵튠! 자극하면 안 돼!"

느와르의 날카로운 목소리에 변신하려던 중 미끄러진다.

"왜 말리는 거야 느와르! 빨리 컴파를 구해야 한다고!"

"괜찮아, 맡겨둬. 나한테 생각이 있어."

"아아, 뜸들이지 말고 빨리하라고! 빨리빨리!"

초조한 나와는 정반대로, 느와르는 먼저 천천히 양손을 머리 위로 들고 우리들을 빙 둘러싸고 있는 원주민들을 둘러본다.

"진정해. 우리들은 너희들의 사냥감이 아니야. 보라고 우리들도 너희들과 같은 사람이야. 알겠지?"

성난 원주민들은 달래듯이 그렇게 말하면서 입고 있던 흑표범 인형 옷을 벗고 탐험대 옷을 보여줬다.

……음? 아까 나온 그림을 보면 인형 옷이라기 보다는 몸에 딱 들어맞는 섹시계열 타이츠였는데? 탐험대 옷을 안에 입는 건 억지스럽지 않나?

그렇게 딴죽을 걸면 안 되겠지? 애니메이션에도 변신을 풀면 평상복이라는 건 자주 있는 설정이고, 리얼하게 묘사하면 연령제한적으로 여러 가지 문제가 있으니 좀 봐줘. 알았지? 그럼 다음으로 넘어간다?

"알았지? 우리들은 동물이 아니야. 사정이 있어서 변장한 것 뿐이고."

그렇게 말하며 느와르는 그 자리에서 빙글, 한 바퀴 돈다. 그걸 본 원주민들은 갑자기 깜짝 놀란 얼굴이 된다.

알아준 건지, 아닌 건지…… 이것만으로는 잘 모르겠다.

내가 마른침을 삼키며 기다리고 있는 중, 느와르는 완전히 오해가 풀렸다고 믿고 미소를 지으며 원주민들을 향해 한 걸음 다가가려고 하자…….

"람사! 은입을 죽가 승짐!"

"다로대 언예!"

"아라잡, 붙!"

우리들이 보통 쓰고 있는 대륙공통어와는 전혀 다른 언어로 원주민들이 웅성거렸다. 말은 통하지 않아도 뭔가 기뻐하고 있는 듯하다……. 이건 설마 잘된 건가? 느와르의 실력?

"봐, 내가 말했잖아. 이상한 옷을 입은 우리들이 어슬렁거리니까 놀란 거지? 미안해, 나쁜 뜻은 없었어. 용서해 줄래?"

생긋 웃으며 악수를 청하는 느와르.

그리고 느와르의 눈앞에 날아오는 창끝.

휴우, 한때는 어떻게 될지 걱정했는데 정말로 좋……지 않아! 전혀 좋지 않다고!

"아니잖아! 전혀 아니잖아!"

굳은 미소를 지은 채 서 있는 느와르가 눈 깜짝할 사이에 밧줄에 빙글빙글 감겨 붙잡히는 걸 바라보며 나는 머리를 감싸며 외쳤다.

우리들, 이제 어떻게 되는 거야!?

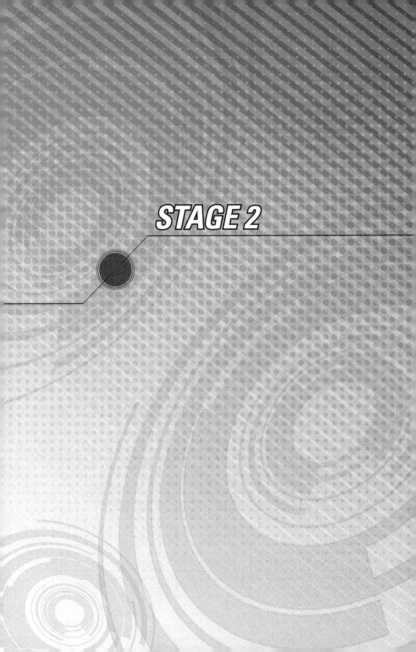

STAGE 2

I

돌과 흙을 쌓아 만든 둥근 무대 위에 색색의 과일과 먹음직스럽게 구워진 고기가 산더미처럼 쌓여 있다.

무대를 둘러싸듯이 놓여 있는 화톳불에 비치는 먹거리를 감옥 안에서 바라만 봐야 하는 상황이라니, 이거 참…….

"침 좀 닦아, 보기 흉해."

하앗!? 아, 안 되지, 안 돼.

한심하다는 듯이 말하는 느와르의 목소리에 제정신을 차린 나는 탐험복의 소매로 입가를 닦았다. 한 조각이라도 좋으니까 나눠주지 않으려나. 않겠지.

왜냐하면 지금 우리들은 완전히 붙잡혔거든…….

적어도 화톳불 주위에서 격렬하게 음악에 몸을 맡기고 있는 원주민들의 춤이 우리들을 환영하는 게 아니라는 건 알 것 같다.

뭐, 환영이라고 하면 환영하는 걸지도 모르겠지만, 제물로서 말이지.

"농담이 아니야. 지금이라도 변신해서 이런 감옥 따위 부수고 도망치자. 음, 그리고 고기랑 과일도 좀 가져가고, 안녕 하는 편이 좋다니까.

굵기도 길이도 각각 다른 나무로 적당히 끼워 맞춰 만든 커다

랗기만 할 뿐인 감옥을 손으로 흔들어 보며 나는 모두에게 호소
했다.

컴파, 아이짱, 느와르, 벨, 블랑.

여기에 모두 붙잡혀 있다. 소지품을 빼앗긴 것도 아니고 누군
가 혼자만 다른 장소에 붙잡혀 있다거나, 기둥에 묶여 있어 섣
불리 행동할 수 없는 것도 아니다.

참고로 말하자면 이런 허술한 감옥 따위, 여신화하면 1초 만
에 박살날걸?

컴파와 느와르가 붙잡혔을 때는 무슨 일이 생기면 안 되니까
얌전히 있었지만, 지금은 상관없잖아? 멋대로 해도 되겠지?

"좋지 않아."

배가 고픈 것도 있어, 조금은 과격해진 나의 호소를 단칸에
무시한 건 아이짱이었다.

나를 보지도 않고 손에 들고 있는 핸드폰에 시선을 돌린
채로.

"여기가 녀석들의 마을인 것 같은데, 끌려왔을 때 대충 본 것
만으로도 마을 사람들이 꽤 많았어. 나조차도 기척을 알아채지
못할 정도로 사냥에 정통한 사람이 가득한 거라고."

요즘은 보기 드문 버튼이 달린 딸각딸각 핸드폰을 아이짱은
애용하고 있다. 전에도 생각했지만, 스마트폰을 싫어하는 건가?

"그래서?"

화면에서 눈도 떼지 않고 작은 버튼을 검지로 조급하게 꾹꾹

누르며 아이짱은 이야기했다.

"눈치 없긴. 일단 소동을 피워서 이 자리에서 빠져나갔다고 치자, 그 뒤가 문제야. 정글에 있는 동안 저 녀석들이 우리를 노리면 귀찮다고. 설마 원주민들 상대로 싸울 생각은 아니지?"

"그럼 어떻게 해?"

"기회를 봐서 대화를 시도해 우리를 평화적으로 풀어주게 해야지. 무슨 의식을 하는지는 모르겠지만 지금 바로 우리들을 어떻게 하려는 것도 아닌 것 같고."

대화라······.

아까 과감하게 그걸 시도하다가 대폭사한 용자님이 있었던 것 같은데······.

"왜 나를 보데! 넵튠이 덫에 걸리지만 않았어도 이렇게까지는 되지 않는다고!"

화톳불에 얼굴이 비쳐서 그런 것도 있지만 다른 이유로도 얼굴이 붉어진 느와르가 뾰로통한 얼굴로 나에게서 눈을 돌린다. 그것과 동시에,

"저기, 모두들 괜찮을까요?"

컴파가 손을 살짝 들며 그렇게 말했다.

"왜 그래? 어디 아파?"

컴파의 옆에 앉아있는 블랑이, 걱정스러운 목소리로 말했다.

"어디가 아픈 걸까요······."

그렇게 말하며 컴파는 고개를 갸웃거린다.

"잘 모르겠어요? 잠깐만요……. 열은 없는 것 같은데요."

벨이 일어나 컴파의 머리에 손을 대자 컴파가 깜짝 놀라며 그 손을 떼어낸다.

"아, 아니에요. 아픈 건 제가 아니라…… 저쪽이에요."

그렇게 말하며 벨의 손을 감옥 바깥쪽으로 향하게 하는 컴파. 그 손끝에 모두의 시선이 모인다. 그곳에는 다른 마을 사람들이 바닥에 웅크리고 앉아 춤추고 있는 마을 사람들을 보고 있었다.

"저게 왜? 동료들의 춤을 감상하고 있는 거 아니야?"

컴파가 무슨 말을 하고 싶은지 이해할 수 없어 나는 고개를 갸웃거렸다.

"그건 네푸네푸가 말한 게 맞지만…… 저 사람들, 아까부터 계속 기침을 하거나 괴롭다는 듯이 코를 만지작거리거나 하는 게 괴로워 보여요. 마을에 끌려왔을 때부터 계속 신경이 쓰이네요.

"…… 듣고 보니까 그러네. 아, 또 그래. 오른쪽 끝에 있는 여자."

블랑도 지금에야 눈치챘다는 듯, 벨의 손목을 컴파에게서 빼앗아 여기저기 움직이며 말한다.

"제 손을 언제까지 지휘봉 대신으로 사용하실 건가요? …… 그건 그렇고 컴파, 이런 상황에서 그런 걸 알아내다니, 과연 간호사 지망이에요."

"아, 아뇨. 칭찬받을만한 건 아니에요. 어쩌다 보니."

벨이 블랑에게서 손을 잡아 빼서 컴파의 머리를 쓰다듬는다. 그러자 컴파는 부끄럽다는 듯이 그렇게 말한다.

"병이라…… 춤이 마을 사람들의 회복을 기원하는 거라면 역시 조금은 곤란한 사태일지도 모르겠는데."

컴파의 그 말에 그제야 아이짱이 핸드폰 화면에서 눈을 떼고 그렇게 중얼거린다.

"뭐, 뭔데? 그 곤란한 상황은……."

불안감을 조장하는 듯한 아이짱의 그 말에 내가 그렇게 물어보자.

"히호호호이!"

"님! 아타타리! 님! 아타타리!"

어느새인가 클라이맥스가 찾아온 듯 춤이 갑자기 끝나고, 여기저기서 터져 나오는 함성에 내 질문이 묻힌다.

저런 걸 트랜스 상태라고 하던가? 아니던가? 나는 저런 건 잘 알지 못하지만…. 열광적인 환호가 한동안 이어지고 겨우 진정되나 했더니 이번에는 묵음 버튼을 누른 것처럼 조용해졌다.

그 정적 속에서 무대를 빙글 돌아 이쪽으로 다가오는 그림자가.

여자다. 키는 벨과 비슷하거나 좀 큰 정도일까? 몸매도 그에 지지 않을 정도라 본 순간 아이짱과 블랑이 '쳇'이라고 혀를 차는 레벨……. 실제로는 그러지 않았지만.

넘어가고, 그런 몸매의 소유자인 젊은 언니가 천천히 이쪽으로 다가온다. 복장이 꽤나 아슬아슬하다. 일단 감출 곳은 감췄습니다. 레벨이랄까. 여자인 내가 봐도 시선을 어디에 둬야 할지 곤란하다.

"그럼 여기서부터가 중요한데. ……아마 이거면 될 거야."

그런 아슬아슬한 언니를 힐끔 보면서 아이짱은 다시 쉴새 없이 핸드폰을 만지작거리며 말했다.

동시에 언니가 우리들을 가둔 감옥 앞에 서서.

"여이 들 승짐 운 러스성 나구났 타나도 잘."

우리들에게 그렇게 말했다.

언니가 말하는 것에 맞춰 뭘 하려는 건지 아이짱이 화면을 그쪽으로 댄다.

"아, 하하하. 뭐라고 말하는 거려나."

나는 언니를 향해 영혼 없는 미소를 짓고 있을 뿐.

그러자 아이짱의 핸드폰에서 벨소리가 울린다. 띠로링♪

"…무서운 고글[10]사. 이런 변경의 마이너한 언어까지 취급할 중이야."

아이짱은 그 소리를 듣고는 화면에서 눈을 떼고 화면을 우리들에게 보여줬다.

으응? 뭔가 문장이 나오는데? 어디 어디.

---

10 (어쩐지 우리나라에는 인기가 없지만) 세계적인 검색엔진 구글

'나타났습니다. 바라던 동물. 그건 성스럽다.'

……뭐야 이건?

"고글이라는 검색 서비스 있잖아? 거기에 있는 소수언어 번역 서비스야."

"뭐!? 고글이라면 '고글 검색 좀 하라고 쨔샤'의 그 고글?"

어, 어쩐지 이런 미지의 정글과 어울리지 않게 근대적이라고 해야 하나, 문명의 향기가 풍기는 단어가 갑자기 들려와 아이짱 이외의 모두가 눈을 깜박깜박.

"그럴듯하게 번역하면 '잘 나타나 주었다 성스러운 짐승들이여.'이려나."

"이 언니가 그렇게 말하고 있다고?"

"아마도, 그럼 이번에는 이쪽 말이 통하는지 시험해 보자. '당신은 이 마을의 높은 사람입니까'라고."

놀라는 나에게 그렇게 말하고, 아이짱이 이번에는 휴대폰의 마이크에 대고 그렇게 말한다. 이윽고 다시 들리는 벨소리, 계속해서 니야니야 동화[11]에 업로드되는 보컬로이드같은 목소리와 말투로 언니가 이야기한 것과 비슷한 언어가 핸드폰 스피커에 흘러나온다.

그걸 들은 언니의 반응은 굉장했다. '도대체 저 녀석들 뭘 하고 있는 거야?'라는 느낌으로 우리들을 내려보던 언니가 그 말

---

11 니코니코 동화

을 들은 순간 그 자리에서 엉덩방아를 찧을 정도였으니까.

이번에는 뚫어져라 핸드폰을 보더니, 우리들을 보고는, 다시 핸드폰을 보고……. 그렇게 몇 번인가 반복하고는 고개를 끄덕였다.

"……굉장해, 통했다."

"해냈군요. 아이에프 씨."

깜짝 놀란 건 그 언니뿐이 아니라, 우리들도 마찬가지였지만……. 아니 솔직히 말하면 그동안 조금 우습게 봤어, 고글. 역시나 이 세계의 모든 걸 데이터화한다는 고글 선생님이로군요.

"느와르여, 이것이 커뮤니케이션이다!"[12]

"어, 어학은 배짱이라고! 그리고 넵튠이 한 것도 아니잖아……. 지금은 그런 건 아무래도 상관없어! 아이에프, 빨리 여기에서 우리들을 내보내 달라고 이야기해 줘."

"해볼게."

그리고 시간이 흘러 아이짱의 핸드폰과 고글 번역기를 통한 기묘한 이문화간 대화가 이루어졌다.

"으음, '저처럼 여기에 대고 말해 주세요. 그럼 이야기할 수 있습니다.'"

먼저 그렇게 말을 하고, 아이짱은 우리들이 어디 사는 누구이며 무엇을 하러 정글에 왔는지, 마을 사람들에게 해를 끼칠 생

---

12 어벤저스의 일본 개봉 당시 캐치프레이즈 '일본이여, 이것이 영화다!'

각은 없다는 사실을 정중하게 이야기했다.

아이짱은 정말로 믿음직스러워.

아까부터 핸드폰을 만지작거린 것도 마을 사람들의 모습이나, 의식의 진행, 그 외 이런저런 것들을 관찰해 알아낸 것을 키워드로 열심히 고글 검색을 해서 원주민들이 어떤 부족이고 어떤 언어를 사용하는지 조사한 거였거든.

"……그럼 너희들은 예언에 있었던 성스러운 짐승이 아닌가." (※으음, 고글 번역 결과를 기반으로 그럴듯하게 의역해 전해 드립니다.)

"아쉽지만 아니야. 우리들은 먼 곳에 있는 인간의 나라에서 왔어."

아이짱의 설명이 계속된다.

"그럴 수가……. 이대로라면 마을이……." (※다시 한 번 말씀드립니다. 번역결과를 기반으로 의역했습니다.)

그래서 어찌어찌 이 언니 —이 마을의 무녀라고 해. 그러니까 이제부터는 무녀라고 부를게—에게 '우리들은 아마 뭔가 착각을 해서 붙잡힌 것 같은데'라고 이야기했지만…….

"그러면 나는 어떻게 해야……." (※이제 괜찮지? OK?)

갑자기 무녀는 어깨를 축 늘어뜨리고는 그 자리에서 눈물을 흘리기 시작했다.

"이야기가 묘하게 돌아가는걸."

블랑이 말한 것처럼 이건 예상외의 사태. 아마도 무녀는 큰

결심을 하고 우리들을 붙잡은 것 같아.

"······저기 아이짱. 아까부터 신경 쓰이는 게 있는데 '성스러운 짐승'이라던지 '예언'이란 건 뭐야? 무녀의 상태와 관련이 있나?"

"나도 동감, 물어볼게."

변모한 무녀의 모습에 당황하면서도, 아이짱이 다시 핸드폰에 이야기한다.

무녀는 눈물을 닦고 입술을 꼭 깨물며 이야기한다.

"지금 이 마을에는 수수께끼의 병이 발생하고 있어. 병을 낫게 하는 방법도 없고 이대로라면 머지않아 마을은 망해 버리고 말아······. 그때, 나는 신의 사자에게서 이야기를 들었어."

······어떤?

"지금 이 숲 속에 너희들이 본 적이 없는 짐승이 있다. 그 짐승은 사람과 짐승의 모습을 가진 성스러운 짐승이다. 그걸 붙잡아 신에게 제물로 바쳐라. 그렇지 않으면 마을은 아타타리신의 저주에 의해 멸망할 것이다······ 라고."

뭐? 예언이란 게 굉장히 최근······ 아니 오늘이잖아?

그리고 본적도 없는 짐승에······ 사람의 모습도 가지고 있고······.

아, 그렇구나······ 그렇게 된 거로구나······.

"우리들이 붙잡힌 건 설마."

"그 설마야. ······넵튠이 책임지고 신의 제물이 되면 되겠네.

그러면 이 마을은 구원을 받을지도 모르니까?"

우와 느와르, 뒤끝이 장난 아니라니까. 아까 조금 놀리기는 했지만 너무한 거 아니야?

제물은, 안 돼 절대로! 아까는 농담이었지만 이렇게 현실이 되고 보니 농담이 아니잖아.

느와르에게 낚여서 모두 이상한 생각을 하면 안 돼. 누가 뭐래도 제물은 반대해야 할 것 같아 아이짱의 핸드폰에 손을 뻗는다.

하지만 나보다 빨리 굉장한 기세로 핸드폰을 빼앗는 의외의 그림자.

"역시 마을 사람들은 병에 걸려 있군요!"

그 정체는 컴파!

느긋하고 태평한 보통 때의 컴파라고는 생각할 수 없는, 길고양이가 생선을 낚아채는 것 같은 속도였다.

"아이짱, 여기에 대고 말하면 되나요?"

"으, 으응. 그런데……. 컴파 너 갑자기 왜……."

"으음, 으음…… 뭐라고 말해야 통할까요? '저, 저는 병을 고칠 수 있습니다. 부탁이에요. 여기서 나가게 해 주세요. 저는 모두를 돕고 싶어요!'……에요!"

컴파…….

아이짱에게서 빼앗은 핸드폰에 대고 필사적으로 이야기하는 컴파의 모습을 나는 멍하니 바라볼 수밖에 없었다.

II

"자아, 입을 크게 벌리세요. 아~앙."

조금 전까지 우리들이 갇혀있던 감옥이 있던 장소에는 긴 줄이 늘어섰다. 신형 스마트폰의 발매일 같은 기나긴 행렬을 만든 건 컴파의 검진을 기다리는 환자들.

"컴파가 저렇게 필사적으로 무언가를 부탁하는 걸 본 게 얼마만이지."

번역담당의 아이짱을 조수로 두고, 컴파는 열심히 마을 사람들의 증세를 보고 있다.

원래대로라면 딱 봐도 선생님 같은 의사여야겠지만 이 상황에 그런 세세한 클리셰에 묶일 수 없지. 제물이 되느냐 마느냐의 기로인걸.

"그러고 보니 기억나네."

컴파의 모습을 멀리 떨어진 곳에서 지켜보며 나는 느와르의 질문에 대답했다.

"마제콘느 선생이 또 다른 세계의 마녀에서 몸을 빼앗기고, 우리들도 이상한 마법의 지팡이에 당해서 이제 끝이라고 생각했을 때야. 컴파가 홀로 마제콘느 선생 앞에 서서……."

"그런 일도 있었네요. 굉장히 오래전 일 같아요."

"지금 와서 생각해보면 그게 모든 일의 시작이었어."

그때의 컴파는, 우리들을 지키기 위해 목숨을 걸었다. 우리들을 구해준다면 자신이 마녀의 부하가 되어도 좋다고 말해주었다.

하는 일은 전혀 다르지만, 지금도 분명히…… 컴파는 그때와 똑같은 마음일 거라고 생각해.

컴파는 언제나, 자신이 아닌 다른 사람을 위해 필사적으로 행동하는걸. 내가 기억상실증에 걸려 지상으로 떨어졌을 때에도 그랬어.

"갑자기 붙잡혀 자신이 어떻게 될지도 모르는 상황에서 마을 사람들의 병이 걱정된다니…… 당해낼 수 없다니까."

"심지가 굳다는 거네요. 하지만 그게 컴파다워요."

솔직히 조금은 질릴 때도 있지만, 그걸 뛰어넘는 존경의 마음으로 우리들은 컴파를 보고 있었다.

"……여기 있다. 이거야."

대화에 끼어들지 않았던 블랑이 갑자기 그렇게 말한다.

"우와! 깜짝 놀랐잖아. 갑자기 뭐야?"

"무녀가 이야기했던 '아타타리신'에 대해서 조사해 봤어."

"조사라니…… 블랑도 고글 검색?"

"아니, 전자사전. 최근에 이걸로도 볼 수 있게 됐거든."

블랑이 보여준 것은 자매 세 명이 같이 가지고 다니는 더블스크린의 휴대용 게임기였다.

"지금은 전자사전도 휴대용 게임기로 보는 시대니까요."

"게임기가 아니라도 상관없지 않아? 린박스에서는 그걸 만들었잖아. 어플을 판넬처럼 늘어놓을 수 있는 태블릿 PC[13]."

"그렇네요. 하지만 태블릿도 종류가 많아서요."

"태블릿이라고 하면 최근에는 라스테이션에도 열심히 하고 있지 않아? 이렇게 된 거 라스테이션제도 후보에 넣어 볼까?"

"아, 나도 들은 적 있어 X인가 Z던가 하는 이름이었나?"

아, 나도 들은 적 있어 X인가 Z던가 하는 이름이었나?" 소니의 엑스페리아Z

"그렇게 후보가 많으면 고민되네요. ……제 전용 상품을 만들게 하는 방법도 있지만요."

"……계속 말해도 될까?"

그렇지, 미안해 블랑. 말해, 말해.

"이건 지금은 멸망해 버린 고대문명과 그 문명에 얽힌 신화를 모음 책이야."

"고대문명?"

"그래, 자세한 건 이 부분을 읽어봐."

"나는 글씨는 잘 못 읽거든. 느와짱, 잘 부탁해!"

"정말이지 너는……"

게임기를 받은 느와르가 블랑이 말한 부분을 소리를 내어 읽기 시작했다.

---

13 마이크로 소프트의 서피스

"······현재의 플라네튠, 르위, 라스테이션, 린박스에 의한 문명의 기틀이 잡히기 이전에 번영했던 문명의 민족이 믿고 있던 것이 아타타리신이라고 불리는 존재이다. 아타타리신을 믿고 있던 문명[14]은, 현재의 린박스 주도에 가까운 곳에 발생했고, 한때는 세계에 그 판도를 넓히는 기세였다······ 라는 데."

"린박스에 있던 문명이라고요? 그러고 보니 이 정글도 주의 구별로 말하자면 린박스네요. 오지 중의 오지지만요."

"그런 옛날 문명에서 믿었던 신을 지금도 이 사람들은 믿고 있다는 거야?"

"아, 옆에서 계속 말하지 마. 지금 읽어줄 테니까. ······그런데 왜 내가 읽는 거야? 블랑이 설명해 주는 게 좋지 않아?"

"싫어, 귀찮으니까."

노골적인 블랑의 대답(나도 남 말하긴 뭐하지만)에 느와르는 고개를 절레절레 젓고는 다시 게임기 화면으로 눈을 돌렸다.

"아타타리신은 풍요를 관장하는 신으로 여겨져 많은 신앙을 모았다고 써 있어."

"뿌요?"

"오곡 풍요의 풍요. 간단히 말하자면 작물이 매년 풍작이 되도록 해주는 신이야."

"그러면 좋은 신 아니야? 저주가 어쩌구 해서 나는 무서운 파

---

14 1980년대를 풍미했던 미국의 게임회사 아타리. 독점에 가까울 정도로 게임업계를 평정했지만, 독점이 질적 저하로 이어져 수준 이하의 상품을 출시하다가 아타리 쇼크를 일으킨 후 쫄딱 망했다.

괴신인 줄 알았지."

"하지만 신화에 의하면 이 신은, 균형을 잘 맞추는 신은 아니었나 봐. 맛이 없어서 사람들이 좋아하지 않는 작물만을 산처럼 수확할 수 있게 한다던가……."

"원래는 토마토가 먹고 싶은데 가지만 준다던가?"

"그런 얘길 하면 가지 농가에서 화낸다고. 하지만 뭐, 그런 느낌이네."

으음, 나는 고개를 갸웃거렸다. 확실히 조금은 제멋대로이고 분위기 파악을 못 하는 면도 있겠지만 인간을 저주로 죽이는 신 같지는 않은데.

내 생각을 말하자 다른 세 명도 '그건 그래'라고 입을 모아 말한다.

"거기다가 무녀에게 예언을 한 건 누구야? 오늘 우리들이 정글에 들어간 뒤에 딱 들어맞게 우리들의 특징을 알려주다니 굉장히 수상한걸."

"나도 그렇게 생각해. 그래서 생각한 게 있는데…… 지난번에 유니가 이상한 말을 했거든 '어쩌면 우리가 아직 모르는 적이 있을지도 몰라.'라고."

"아, 아직 모르는 적!? 설마 매직 일당 외에도 누군가 다른 세계의 악당에서 홀렸다던가?"

내가 깜짝 놀라 그렇게 말하자 "그것까지는 모르겠지만……." 하고 느와르가 말끝을 흐린다.

"유니짱도 뭔가 근거가 있어서 그런 말을 했을 테고……. 그 렇다면 예언을 한 누군가가 무녀를 속이고 있을 가능성도 있네요."

"더 나아가서 마을에 병이 돌게 한 것도 그 '수수께끼의 적'이라고 생각하면 이야기가 맞아떨어져."

그럴 수가……용서 못 해!

어떤 이유로 우리들을 방해하는지는 모르겠지만, 아무 상관 없는 사람들까지 병에 걸리게 하다니 너무해!

"병이, 간단한 감기 정도라면 좋겠지만……."

그 이후의 이야기는 컴파랑 아이짱……. 그리고 가능하면 무 녀와 마을 사람들도 같이하는 게 좋을 것 같아, 우리들은 컴파의 진료가 끝나기를 기다렸다.

가능한 한 도와주면서 기다리기를 두 시간. 겨우 몸이 아픈 마을 사람들의 진료가 끝났을 때에는 컴파도 지친 얼굴을 하고 있었다.

"그런데 진찰 결과는……."

땅바닥에 앉아, 물통에 넣어둔 차를 마시면서 한숨 돌리고 있는 컴파의 주변에 모두 모였다.

피곤한데 미안하지만, 이것만은 물어봐야겠지.

"…… 네 모두의 증세는 먼저 지독한 코막힘, 그리고 콧물이에요."

단숨에 차를 들이켠 후에 컴파가 이야기를 시작한다.

"계속해서 전신의 탈력감. 다시 말해 몸이 나른하다는 거네요. 미열이 있는 사람도 있고요."

지금까지는 감기 증세 같은데…….

"그리고 눈의 가려움증과 목의 답답함. 의욕과 집중력의 저하가 관찰돼요.

으음, 여러 가지 증세가 있네.

어라, 하지만 감기로 눈이 간지러워지나?

"이런 즈으…… 즈즈…… 그래, 이 증!상!으로 생각할 수 있는 병명은……."

병명은? 들은 적도 없는 위험한 병이라면 싫은데.

"……꽃가루 알레르기에요."

한순간 어떻게 반응해야 좋을지 알 수 없는 미적지근한 공기가 흐른다.

이건……뭘까. 뭐라고 해야 하나, 뭐라고 말하면 좋을까…….

"틀림없어?"

마을을 위협하는 수수께끼의 병의 정체가 꽃가루 알레르기라니, 너무나 의외다. 느와르가 그렇게 이야기하지만.

"맞아요. 혹시나 해서 아이짱의 전화로 치카 선생과 이야기했지만 치카 선생도 꽃가루 알레르기…… 정확히 말하면 알레르기성 비염이라고 말했어요.

치카선생의 검증까지 받은 진단에 자신이 있는 건지, 컴파는 느와르의 확인에도 그렇게 고개를 끄덕였다.

"나도 전화로 물어봤지만 확실한 것 같아."

컴파 옆에서 도와줬던 아이짱도 컴파의 진단이 틀림없다고 이야기한다.

아, 별로 못 믿어서 그러는 건 아니라고?

"……하지만, 말이지."

속은 것 같다는 느낌이 드는 건 어쩔 수 없다.

아까 이야기한 아타타리신에 대해 언제 이야기하지 고민하고 있으려니,

"그럼, 이렇게 가만히 있을 수 없어요. 바로 주사 준비를 해야 돼요."

쉬는 시간은 끝이라고, 기합이 들어간 표정으로 컴파는 가버렸다.

주사 준비라니…… 컴파, 얼마나 약을 가져온 거야?

물어볼 틈도 없이, 간호사의 사명감에 불타오르는 컴파는 케이스에서 재빨리 약을 꺼내,

"그럼 이제부터 여러분들을 치료할게요. 줄을 서 주세요."

모인 마을 사람들에게 커다란 목소리로 그렇게 말했다.

이래서야, 괜한 말은 하지 않는 게 좋겠는걸, 컴파도 의욕이 엄청나고,

그렇다면 친구로서 내가 해줄 수 있는 건 하나밖에 없겠지?

"기다려 컴파! 나도 도와줄게! 뭐든지 말만 하라고!"

Ⅲ

눈 깜짝할 사이에 이틀이 지났다.

그 사이 정글의 조사는 굉장히 순조롭게 진행됐다. 그도 그럴 것이 우리들보다 훨씬 더 정글을 잘 알고 있는 원주민들이 총동 원돼, '여신 컴파님과 그 부하'에게 전면적으로 협력했거든. 이유 는 말하지 않아도 알 거야.

"저, 저는 여신님이 아니에요. 간호사 지망생이라고요."

장본인인 컴파는 겸손하게 그렇게 말하지만,

"누가 뭐라고 해도 이번 MVP는 컴파랑 아이쨩이에요. 이 조 사가 끝날 때까지 뭐든 분부만 하세요. 여신님."

그런 컴파를 놀리면서도 진심을 담아 벨이 그렇게 이야기하자 다른 아이들도 '그렇지'라며 장단을 맞춘다. 역시 이건 지금까지 쌓아온 컴파의 인덕이겠지.

만약에 나 혼자 떠받들어지는 상황이었다면 어떨까 생각하 면…… 조금은 복잡한 기분이네.

하지만 아무리 든든한 협력자가 생겼다고 하더라도 화기애애 하게 해나갈 상황은 아니라.

"그럼, 여신의 부하 여러분들께 할 말이 있는데 괜찮을까요? 대충 조사해 봤는데, 파이널 하드호에 실린 의약품으로 마을 사 람들의 증상을 억제하는 건 앞으로 이틀 정도야. 그때까지 원인을 근절하지 않으면 마을은 다시 이틀 전의 상황으로 돌아간다고."

아이짱의 말대로, 마을 사람들의 괴롭히고 있는 꽃가루 알레르기의 원인은 아직 해결되지 않았다.

솔직하게 말하면, 잇승에게 보내야 하는 데이터는 이미 어제 거의 다 모았어. 그러니까 우리들이 여기에 남을 이유는 없지만, 그건 너무한 것 같고, 무엇보다 '여신 컴파님'이 그걸 허락해 줄리도 없고 말이지…….

각자 정글에 흩어져 눈에 띄는 꽃을 꺾어와 그 꽃의 꽃가루로 알레르기가 일어나는지 계속 조사해 봤지만 결국 잘되지 않았지.

어떻게 하면 좋을지 다음날, 사태가 진전을 보였어.

그것도 좋지 않은 방향으로.

사흘째의 아침.

"에에…… 에취!"

나는 자신도 놀랄 정도로 커다란 재채기 소리와 함께 잠에서 깨어났어.

기침의 기세로 잠에서 깨어나니, 눈에서 느껴지는 강렬한 간지러움. 한 번 재채기를 한 뒤에는 공기의 출입을 거부하는 듯한 코막힘.

서…… 설마 이 증세는…….

차가운 물로 세수를 하고 생각해 보려고 숙소로 사용하고 있던 텐트를 나온 나는, 내 눈을 의심했다.

"모두들 일어나! 비상사태야!"

마을이 붉게 물들었다.

붉은색의 밀가루를 몇십 톤이나 마을에 뿌린 것 같은 광경이 눈앞에 펼쳐져 있다. 뭉게뭉게 피어오르는 붉은 무언가의 탓으로 1미터 앞도 보이지 않는다.

무슨 일이 일어났는지 알 수 없어 멍하니 서 있으려니 코……코 안쪽이 근질근질,

"에……에취! 에취!"

계속되는 재채기, 그것도 연발로. 등 근육이 경련을 일으키는 듯해 나는 그 자리에서 주저앉을 뻔했다.

"네푸네푸, 괜찮은가요? 에취!"

"숨을 쉴 수 없어. 에취!"

내 목소리에 텐트에서 나온 아이들도, 계속해서 재채기. 재채기&재채기에 몸부림친다.

우리들이 이 정도니, 마을 사람들은 말할 것도 없는 상황.

컴파의 응급조치로 요 사흘간 평온을 되찾은 마을은 벌집을 쑤셔놓은 것 같은 대소동.

"우와앙! 일단 이 빨간 걸 어떻게든 해야! 한 번 전부 빨아들여서 던져버리면 안 돼!?"

이제는 약 문제가 아니야. 우리들도 포함해서 이대로라면 기침과 눈의 간지러움으로 머리가 이상해진다고!

"빨아들여서 던진다……. 그거에요 네푸네푸"

이 갑작스럽게 일어난 위기에 맞서 일어난 건 벨이었다. 모두들 기침으로 합창을 하고 있는 와중에,

"그런 거라면 변신해서!"

숨을 들이쉬고는 기합을 넣어 변신한 벨이 그대로 공중에 날아오르더니.

"하아아압!"

하고 창을 전송하여 손에 든다. 벨은 끝부분을 양손으로 잡고는 투포환 선수처럼 그 자리에서 빙글빙글 회전시킨다.

긴 창이 공기를 갈라 진동시켜, 거기에 맞춰 새빨간 꽃가루(?)가 바람을 타고 오른다.

"잠깐만! 오히려 피해가 커진다고! 무슨 생각을 하는 거야!"

한순간 벨이 꽃가루를 견디지 못해 머리가 이상해졌다고 생각했지만, 곧 그게 아니라는 걸 알 수 있었다.

내 목소리는 신경 쓰지 않고 벨은 창을 점점 빠르게 회전시킨다. 그러자.

벨을 기둥 삼아 바람이 벨 주위로 모여들어 이윽고 벨을 중심으로 작은 소용돌이가 생겨났다.

규모는 작지만 굉장한 기세의 소용돌이에 마을에 퍼져있던 꽃가루가 점점 소용돌이 속으로 빨려 들어가는 걸 보고.

"넵튠, 느와르. 우리들도 도와주자."

신기하게도 블랑이 공동작전을 제안해온다. 과연 뭐든 귀찮

아하는 블랑도 이 꽃가루만은 빨리 퇴치하고 싶은 것 같다.

물론 나도 이견은 없다.

"하자, 하자. 빨리하자."

그렇게 해서 우리들 세 명도…… 오래간만의 변신!

"혼자면 힘들 것 같아서, 도와주러 왔어. 벨!"

먼저 달려간 건 공동작전을 제안한 블랑이었다.

애용하는 거대한 도끼를 눕혀, 부채 대신 크게 휘두르자 꽃가루가 한순간에 벨의 소용돌이를 향해 날아간다.

나와 느와르도 움직인다. 공중에서 둘이 등을 맞대고,

"넵튠 나한테 맞춰!"

"알았어, 느와르에게 맡길게."

"그럼. 하나, 둘!"

느와르의 구호에 맞춰 동시에 양팔을 펴고 회전을 시작한다. 벨과는 다른 소용돌이를 만들려는 작전이다.

"잘했어 모두들! 눈앞이 보이고 있어요!"

"역시 여신이라면 네푸네푸죠. 열심히 하세요!"

아이짱과 컴파의 응원에 우리들이 만든 두 개의 '여신 토네이도'가 꽃가루를 빨아들인다! 꽃가루 이외의 다른 것들을 빨아들이지 않도록 주의하며 토네이도 작전을 계속한 결과,

"꽃가루는 대부분 소용돌이 속으로 빨려 들어갔어. 다음엔 어떻게 하지, 벨!"

어느새인가 마른 피 같은 기분 나쁜 색으로 변한 벨의 소용돌이를 향해 나는 소리를 질렀다. 나와 느와르가 만든 소용돌이도 비슷한 색깔이겠지.

"여기서 회전을 멈추면 다시 마을에 꽃가루가 퍼질 거에요. 이대로 꽃가루를 안고 올라가 주세요!"

"알았어!"

두 개의 소용돌이가, 천천히 올라간다. 도중에 빠져나가는 꽃가루를 블랑이 소용돌이로 끌어들인다.

최근에는 익숙해진 연계작전으로, 위로 위로. 비행기가 날아가는 거리까지 올라간 뒤에.

"이제 괜찮겠죠. 기류가 퍼뜨려 줄 거에요."

먼저 벨이, 그리고 나와 느와르가 회전을 멈춘다. 한순간, 거대한 융단처럼 하늘에 떠 있던 대량의 꽃가루가 상공의 격렬한 기류에 의해 흩어진다.

"괜찮겠어? 일단 마을에는 떨어지지 않겠지만 이래서야 전 세계에 퍼질 것 같은데."

"한숨 돌린 후 이마의 땀을 닦는 벨에게 내가 그렇게 물어보자."

"여기저기 흩어지는 동안에 피해가 없을 정도의 농도로 엷어지겠죠. 하지만 이건 어디까지나 임시방편이에요. 우리들 손으로 원인을 해결하지 않으면 근본적인 해결은 되지 않아요."

벨은 땀을 닦은 손가락으로 정글을 가리키며 그렇게 말했다.

그 손끝, 끝없이 계속되는 녹색 속에 새빨간 안개가 낀 것 같은 그 부분을 바라보며 나는 나도 모르게 '앗'하고 소리를 질렀다.

　"이런 걸 뭐라고 하더라? 찬장 위에 떡?"

　"변신을 해도 여전히 중요한 부분에는 멍하다니까. 상처의 공적이겠지. ……어떻게 할까? 재빨리 원인을 때려 부수는 게 좋을 것 같은데?"

　"좋았어! 두 번 다시 말려드는 건 싫으니까, 젠장. 아직도 코가 근질근질하네."

　"마을은 컴파와 아이짱에게 맡겨도 괜찮겠죠. 저도 찬성이에요. 네푸네푸는 어때요?"

　나도 결심했다.

　그렇게 말하기 전에 코로 깊이 심호흡을 한다. 지상과 비교하면 산소도 적고 마이너스 몇 십도 정도의 날씨지만 여신화한 내 폐에는 차갑고 기분 좋은 고원의 공기처럼 스며든다.

　나, 지금까지 코로 숨을 쉴 수 있다는 게 얼마나 고마운지 생각도 못 했어. 숨을 쉴 수 있다. 그것만으로도 이렇게나 기분이 상쾌하다는 것도.

　"빨리 정리하자, 간다"

　눈앞에 보이는 새빨간 안개를 향해 날아간다.

　"아, 잠깐만! 멋대로 결정해버리면 어떻게 해! 기다려! 제일 먼저 가는 건 나라고!"

느와르가 변신하면 보통 때보다 드세지는 건 언제나 있는 일이라, 무시하고 날아간다. 지금은 저 안개의 원인…… 아마도 지상에서 대량으로 발생하는 꽃을 어떻게든 하는 게 중요하다.

안개의 출처는 마을에서 보면 정글 깊숙한 곳이지만 변신한 우리들에게는 별거 아닌 거리, 얼마 안 가 그 장소에 도착했다.

그곳은 당연하지만 꽃밭이었다. 커다란 야구장이 서너 개는 들어갈 수 있는 크기려나? 그곳에만 높은 나무들이 없고 운석이 떨어져 생긴 크레이터 같은 장소에 그 꽃밭이 있었다.

나무 대신 있는 건 한 종류의 꽃들. 발목 정도의 높이에 흰색과 노란색이 섞인 귀여운 꽃이 가득…… 그래, 정말도 빈틈없이 지면을 메우고 있었다.

아무것도 모르고 이곳을 방문하면 저도 모르게 한숨을 쉴 만큼 환상적이고 아름다운 광경이지만 꽃 속에 마을을 덮친 것과 같은 새빨간 꽃가루가 들어차 있는 걸 보니 들뜬 마음으로 있을 수가 없었다.

오히려 이 광대한 공간을 한 종류의 꽃이 가득 채우면서 바깥쪽으로 '침식'하고 있는 모습에 한기조차 느껴진다.

"그러고 보니 플라네튠의 옛날 이야기에 이런 게 있었지. 용에 빼앗긴 땅은 꽃의 독으로 채워졌다던가……."

"일곱 마리의 용이 어쩌구 하는 이야기 아니야? 그건 플라네튠이 아니라 르위의 옛날이야기야. 동생들이 어린이용으로 그린 동화책을 가지고 있어."

"무슨 소리야, 라스테이션이라고. 그리고 옛날 이야기가 아니라 SF 애니메이션 아니었어?"

"옛날 이야기든 애니메이션이든 아무래도 상관없어, 문제는 이걸 어떻게 처리하느냐는 거지."

그러고 보니 플라네튠의 옛날 이야기에 이런 게 있었지. 용에 빼앗긴 땅은 꽃의 독으로 채워졌다던가…… 세가의 2009년 작품으로 DS로 발매되었다. 2011년에 PSP로 외전인 세븐스 드래곤 2020, 2013년에는 세븐스 드래곤 2020—II가 발매되었다.

여전히 눈앞이 잘 보이지 않는다. 여기서 변신을 풀면 그 순간 기침과 콧물과 눈물로 엉망이 되겠지.

한걸음 내디딜 때마다 바닥에 쌓인 붉은 꽃가루가 휘날리는 꽃밭을 걷는 도중 나는 알게 되었다.

"저기, 무슨 소리 들리지 않아?"

둥, 둥 대포를 쏘는 듯한 소리. 동시에 커다란 깃발을 흔드는 듯한 소리도. 그 두 개의 소리가 교차해 조금씩 조금씩…… 이쪽으로 다가온다.

무언가…… 있어! 저 붉은 안개 너머에!

옛날 이야기를 하고 있던 세 명의 귀에도 그 소리는 확실히 들려오는 듯 모두가 안개 너머를 바라본다.

가까워. 우리들이 있는 곳에서 10미터 떨어진 곳까지 다가온다.

"모두들! 조심해!"

내가 그렇게 경고를 한 순간,

섞여오는 두 개의 소리와 함께, 앞에서 강렬한 질풍이 우리들을 덮쳐온다.

꽃에서 흘러 바닥에 쌓인 꽃가루가 격렬한 기세로 상공으로 날아오른다. 그 기세는 우리가 만들었던 소용돌이에 비할 게 아니다.

한순간에 주변의 꽃가루가 바람에 날려 사라진 순간, 우리가 본 것은.

눈앞에 서 있는 이형.

드래곤의 한 종류 같은 얼굴. 하늘을 달리는 번개를 그대로 고형화시킨 듯한 반투명의 거대한 뿔이 좌우에 나 있다.

그 거대한 드래곤의 얼굴에는 사흘 전에 느와르가 변장한 재규어…… 표범이지만 다리는 보통의 재규어보다 많은 여섯 개.

거기다가 등에는 독수리를 연상시키는 날개가 나 있다.

도마뱀에 맹수에 새…… 정글의 인기동물을 하나로 모은 것 같은 조형이지만 보고 있는 것만으로도 현기증이 날 것 같다. 거기다가 신장은 대충 봐도 30미터 이상. 위압감이 장난이 아니다.

"어이…… 정말로 있었던 거야?"

그 거대한 짐승을 바라보고 있던 블랑이 침을 삼키며 중얼거렸다.

"아아, 알고 있어. 하지만 실물을 볼 기회는 평생 없을 거라고……아니, 있을 리가 없다고 생각했지만."

"무슨 소리야?"

"전에 게임기로 보여준 신화에 대한 책 있잖아? 거기에 이 녀석이 나와 있어. '다리가 여섯 개 있는 재규어로도 시라소니로도 보이는 몸, 그리고 독수리의 날개를 가진 이름없는 이형의 드래곤은 아타타리신의 권속으로 유적의 벽화에 그려져 있다'라고."

신의 권속…… 이라고?

예상도 못 했던 블랑의 대답에 나는 눈을 크게 떴다.

네프기어, 너희들은 생태가 수수께끼인 거대 오징어와 싸웠다고 말했지. 아무래도 우리들도 그에 못지않은 체험을 할 것 같아.

내가 그 체험을 원했는지는 넘어가더라도 말이야.

IV

"신의 권속인지 뭔지는 모르겠지만, 방해하면 없애버리면 돼!"

산과도 같은 위용에도 겁내지 않고 아타타리신의 권속으로서 벽화에 그려진 이름없는 드래곤에 달려든 건, 느와르였다.

기합소리와 함께 지면을 박차며, 온몸을 활처럼 튕겨 대검을 휘두르자.

"선수 필승!"

아타타리 신의 권속으로서 벽화에 그려진……아아, 너무 길어! 아타타리 드래곤의 콧잔등을 향했다.

피할 수 없다고 생각한 걸까, 아니면 피할 생각이 없는 건가, 아타타리 드래곤은 그 자리에서 움직이지 않는다.

"지금이야!"

첫 공격으로 큰 데미지를 줄 거라고 예상한 느와르가 에메랄드빛 눈동자를 반짝이는 게 지상에 있는 우리들에게는 확실히 보였다.

하지만 대검의 끝이 드래곤에게 향하기 직전, 드래곤이 우리를 모아 삼키려는 듯이 입을 벌리고 목을 뒤로 꺾었다.

"느와르!"

"알고 있어!"

화염? 아니면 눈보라? 강력한 브레스 공격의 전조라고 생각한 느와르가 재빨리 주저앉아 대검의 칼날로 자신의 몸을 숨겨 방어 태세를 갖춘다.

다음 순간, 귓가에 대포가 작렬하는 것 같은…… 그래, 아타타리 드래곤의 존재를 알아채기 전에 들려온 그 소리와 함께 돌풍이 일어나고는,

"꺄아아아!"

비명과 함께 느와르의 몸이 빙글빙글 돌아 저편으로 날아간

다. 하지만 도와주러 갈 여유는 없었다. 그 충격파는 한 번이 아니라 두 번, 세 번 계속해서 울려 퍼져, 그때마다 머리부터 발끝까지 온몸이 마비되는 듯한 느낌에 제대로 서 있을 수도 없다.

"뭐, 뭐지 이 소리는! 벼락인가? 이 녀석 전기 속성인가!?"

양손으로 귀를 막으며 블랑이 외친다.

전기……확실히 벼락소리처럼 들리긴 하지만 그건 아니야, 내 직감이 그렇게 말하고 있어. 하지만 벼락이 아니라면 …… 세 번째의 충격음을 어찌어찌 버티고, 머리 위를 올려다보니.

"블랑! 빨리 피해! 머리 위야!"

"머리 위!?"

나도 외친다.

보통 일이 아니라고 눈치챈 블랑이 재빨리 그 자리를 피한다. 그 직후 철퍽 소리와 함께 ─블랑이 서 있던 장소에 '그것'이 떨어졌다.

"우와앗! 제길, 뭐야 이건!? 용해액이나 맹독인가!"

"아니야."

우리 머리 위에 있는 아타타리 드래곤을 바라보며 나는 대답했다.

"……콧물이야."

"뭐어!?"

블랑의 눈이 멍해졌다.

그 기분은 잘 알고 있어. 나도 보이는 대로 말하는 거지만, 뭐라고 해야 할까…… 너무나도 바보스러운 답에 가벼운 두통이 느껴질 정도인걸.

"화, 확실히 조금 늘어져 있네요. 커다란 콧구멍에서……노, 노란 느낌의 액체가……."

내 옆에서 같은 장소를 올려다본 벨이 맥빠진 소리로 그렇게 말한다.

"기, 기분 나쁜 해설은 그만두라고! ……그렇다는 건 아까의 폭음은 브레스 공격도 뭣도 아닌……."

"숨결, 이라는 의미에서는 브레스가 맞긴 하지?"

"그렇지. 그게 그냥 기침이라고 해도."

내가 말하는 거지만 바보 같다.

그렇다는 건, 느와르는 아타타리 드래곤의 기침에 날려서 하늘의 별이 됐다는 거로구나.

그래, 격이 다른 폐활량으로 뿜어낸 기침은 눈 깜짝할 사이에 음속의 벽을 뚫어, 동시에 폭음과 충격음…… 다시 말해 소닉붐을 발생한 거였다.

"……설마 추가시험 문제가 도움이 될 줄이야……."

"진지하게 시험공부를 해서 다행이었네요. 네푸네푸."

"그런 문제가 아니잖아."

그렇게 얼빠진 대화를 나누고 있으려니, 다시 아타타리 드래곤이 크게 입을 열어 숨을 들이쉬는 기척이 느껴졌다.

"이, 일단 후퇴하자."

우리들은 재빨리 드래곤의 등 뒤로 돌아갔다. 거리를 두고 귀를 막아 견뎌낸다.

그렇게 냉정하게 관찰하고 있는 사이에, 우리들은 모든 걸 이해했다.

아타타리 드래곤은 우리에게 위해를 가할 생각은 전혀 없다. 오히려 이 아이도 피해자라는 걸.

하지만 이 아이가 엄청난 존재라는 건 확실해서 그 탓으로 가해자가 되었다는 걸.

아타타리 드래곤이 엄청난 기침을 한다. 두 번, 세 번, 다섯 번. 그 기세만으로도 대량의 꽃가루가 날아오른다.

우리들도 기침을 하면 반사적으로 등을 둥글게 하지만 이 아이도 마찬가지. 자신의 의지와는 관계없이 등에 힘이 들어가자 커다란 날개가 펄럭거려 태풍에 필적하는 돌풍을 불러일으키고, 꽃가루가 날아오른다.

날아오르는 거대한 양의 꽃가루는 바람을 타고 정글에 퍼진다. 그게 우리들이 하늘에서 본 안개의 정체다. 기류 때문인지는 모르겠지만, 그 대부분이 무녀의 마을로 향하는 거로구나.

"이 아이도 꽃가루 알레르기로 괴로워하고 있는 거야. 선수필승은 좋지만 느와르는 완전히 헛발질했네."

"이 녀석도 원래는 여기서 조용히 살고 있었을 텐데."

"불행한 우연이 겹친 거네요……."

한숨과 함께 고개를 흔들며 말하는 벨에게 나와 블랑은 고개를 끄덕였다.

스케일이 큰 것 때문에 자기도 모르는 사이에 주변에 불행의 연쇄가 일어난다.

어쩌면 이 꽃가루를 뿌리는 꽃이 이상 번식한 것도 원인을 따지고 보면 천계의 이변이 원인일지도 모른다고 생각하니, 아타타리 드래곤에게도 마을 사람들에게도 미안한 마음이 든다.

"이 아이를 도와줄 수 없을까?"

솔직한 마음이 들어 그렇게 말했다. 벨도 블랑도 가만히 드래곤을 보고 있다. 그 순간,

"잘도 이런 짓을! 각오해라!"

어디까지 날아간 건지, 겨우 돌아온 느와르의 목소리가 들려와 나는 그쪽으로 눈을 돌렸다.

"느와르! 안 돼! 멈춰!"

아타타리 드래곤과 싸워봤자 아무 의미도 없다. 지금은 모두가 협력해 이 꽃과 꽃이 토해내는 꽃가루를 어떻게든 하는 게 중요하다.

하지만 완전히 머리까지 피가 오른 느와르에게 내 목소리는 들리지 않는다.

"당한 만큼 돌려준다……배로 갚는다!"[15]

다시 대검을 휘두르며 아타타리 드래곤에게 돌진한다.

---

15 일본의 인기 드라마 한자와 나오키의 명대사.

그리고—

아타타리 드래곤도 다시 크게 숨을 들이쉬고—

그림으로 그린 듯한 클리셰였다.

작렬하는 기침.

다시 한 번, 느와르는 하늘의 별이 되었다.

"농담이 아니라고! 이런 취급이라니~~~!"

슬픈 비명이 붉은 안개 저편으로 사라져 간다.

"……배로 갚은 걸까요."

"불경하게도 신의 권속을 상대했으니 천벌인지도 모르겠네. 지망이긴 하지만 여신이라고 하는 자가 천벌을 받다니, 꼴사납지만."

그러던 중.

"……좋은 아이디어가 생각났어."

안타까운 느와르의 모습을 보지도 않고, 혼자서 발밑을 바라보기만 했던 블랑이 그렇게 중얼거린다.

"느와르는…… 그 사이에 돌아오겠지. 천벌에 대해서는 넘어가기로 하고, 좀 도와줘."

응? 나는 미소 짓는 블랑을 돌아본다. 블랑은 말한다.

"조금 시간이 걸리니까. 내가 힘을 모으는 동안에 어떻게든 시간을 벌어서 저 녀석이 이쪽으로 오지 못하게 해. 알았지?"

구체적인 이야기를 나눌 여유는 없다. 반드시 성공한다는 블랑의 말을 우리들은 믿어보기로 했다.

"괜찮지? 벨."

"네푸네푸야말로."

꽃가루 알레르기로 괴로워하고 있는 드래곤을 건드리는 건 마음이 아프지만, 블랑이 말한 것처럼 벨과 둘이 시간을 버는 것도 상상 이상으로 힘든 일이었다.

우리들도 지금까지 마제콘느 선생이나 매직 컴퍼니 같은 강적을 상대로 싸워왔으니까. 어느 정도는 자신이 있었다.

하지만 이번에는 썩어도 신의 권속이라고 불리는 상대. 불리하다는 말만으로는 설명할 수 없다.

코미디 같은 전개로 흘러버렸지만, 뭐라 해도 기침만으로 변신해서 온 힘을 다한 느와르를 하늘의 별로 만들어버린 상대니까.

물론 나도 벨도 온 힘을 다했다. 특히나 나는 검을 학원에 맡겨 놔서 사용할 수 없다는 핸디캡까지 있다.

드래곤의 관심을 이쪽으로 돌리기 위해 떠오르는 모든 공격을 해보지만, 마치 파리를 쫓아내는 듯한 반응. 이 탈력감은 경험해 보지 않으면 모를 거다.

라스트 보스보다 강한 숨겨진 보스는 최근 RPG의 즐거움의 하나지만 현실에서 그런 존재를 상대하는 깃도 생각해 볼 문제네.

지금까지 쌓아왔던 자신감이 한순간에 사라지고, 얼마나 탈력감을 느꼈는지도 모르겠다. 이제 기진맥진, 힘이 빠져서 귀를

후빌 힘조차 남아있지 않았을 즈음, 드디어 그때가 왔다.

"우오오오오오! 얼어붙어라아아아!"

블랑의 외침이 울려 퍼지고, 주변 기온이 급격히 내려가기 시작했다.

그쪽을 바라보니 눈을 크게 뜨고 있는 블랑을 중심으로, 지면이 방사선 형태로 얼어붙고 있다!

공중에 떠 있는 대량의 꽃가루가 블랑이 내뿜는 냉기에 닿은 순간 얼음조각이 되어 지상으로 떨어진다.

"과연, 좋은 아이디어네요 블랑."

블랑의 의도를 알아챈 벨이 말하는 사이에도.

"아직이야! 완전동결이다아아아아!"

떨어진 꽃가루를 덮어버리려는 듯, 지면을 덮은 얼음이 점점 두꺼워진다.

5센치, 7센치, 10센치 돌파! 이건……굉장해 블랑!

아타타리 드래곤도 깜짝 놀라 두리번거리며 주변을 확인하기 시작했다.

그리고 어느새인가, 꽃도 꽃가루도 얼음 아래로, 블랑이 만들어낸 빙하가 마을과 아타타리 드래곤을 괴롭히는 모든 걸 가둬버렸다.

마치 열대의 정글과 북극 일부를 바꾼 것 같은 그 광경에 나는 말을 이을 수 없었다.

"이, 이 정도……라고. 꼴좋다, 모, 모두 얼려버리면……별거 아니……라……고."

모아둔 힘을 다 써버려 변신이 풀린 블랑이 그 자리에 쓰러졌다.

그때였다.

그때까지 나와 벨이 무슨 수를 써도 반응을 보이지 않았던 아타타리 드래곤이.

—오오오오오오!

처음으로 대기를 진동시키는 포효를 내질렀다.

지금에 와서야 우리들을 상대할 마음이 된 거야?

"벨, 블랑을 부탁해!"

"알겠어요!"

농담이 아니라고. 블랑은 너와 마을 사람들을 지키기 위해서!

쓰러진 블랑을 벨에게 맡기고 나는 혼자서 드래곤 앞으로 날아갔다. 그 순간 나는 알게 되었다.

"너, 기뻐하는 거……야?"

*

"그래서, 드래곤 씨를 데려온 거에요?"

질렸다는 듯이 말하는 컴파에게 나는 웃으면서 머리를 긁적였다.

"응, 뭐어. 데려왔다고나 할까, 우리를 데려다 줬다고나 할까. 그거야, 그거. 드래곤의 은혜 갚기? ……그렇지 벨?"

"그렇게 됐어요. 일단, 저는 이제 너무 피곤해서 그런데, 뒷일은 맡겨도 되죠?"

이 상황을 어떻게 설명해야 할지 곤란해 벨에게 도움을 청하니 벨도 기력을 다 쓴 듯 축 늘어져 있다. 그리고.

"블랑은 텐트에서 자고 있어. 한동안은 일어나지 않을 것 같은데."

이쪽에도 다른 의미로 피곤한 표정의 느와르.

"신의 권속이든 뭐든 상관없지만, 슬슬 마을 밖으로 데려가면 안 될까? 저런 커다란 게 좁은 곳에 있는 것도 민폐고. 그리고 보라고, 마을 사람들도 모두 넙죽 엎드려서 아무것도 못 하고 있잖아."

두통의 원인이 늘어났다는 듯, 아이짱이 눈썹을 찌푸리며 빨리 버리고 오라고 말한다.

"아, 그러네. 무녀랑 마을 사람들에게는 믿고 있는 신의 권속이 강림한 거로구나. 그럼 불편하겠네."

아이짱의 말에 그건 그렇지 라며 동의한 나는,

"자, 그럼 우향우. 주사는 마을을 나가면 놔줄게."

아타타리 드래곤의 이마를 툭툭 두드리며 말했다.

가르릉, 아타타리 드래곤은 목을 고르륵거리며 머리 위에 나와 벨을 태운 채로 얌전히 마을 밖으로 걸어간다.

응응, 이렇게 사이가 좋아지면 신의 권속이라고 해도 커다란 강아지와 별 차이가 없구나.

"조금만 흔들리지 않게 걸어갔으면 좋겠는데요."

똑같이 머리 위에 타고 있는 벨의 주문에 맞춰 천천히 걸어가 주는 것도 귀엽다.

마을 밖으로 나와 벨을 내려준 뒤에.

"그럼 주사를 놔줄게요. 조금 아프지만 참아 주세요."

컴파는 상대가 마을 사람이든 거대 드래곤이든 신경 쓰지 않고 언제나처럼 말한다. 자신의 신장보다도 큰 거대 주사기를 들어올려 드래곤의 오른쪽 앞발의 가죽에 주사를 놓는다.

"네, 느와르 씨. 눌러 주세요."

컴파의 구호에 변신한 느와르가 주사기의 피스톤을 위에서 힘껏 누른다.

"자아자아. 꾹꾹 눌러! 결국 느와르만 아~무것도 안 했으니까 이 정도는 해줄 수 있지?"

"나, 나도 도와주기 싫어서 그런 건 아니잖아……! 자, 이걸로 됐을 거야, 이걸로."

피곤한 상태에서도 느와르는 어깨와 등을 사용해 피스톤을 꾹꾹 눌러 주사기 안에 채워진 약을(남아있는 걸 전부 모았어!) 아타타리 드래곤의 몸에 주입한다.

"이걸로 괜찮을 거에요. 약효가 돌면 코도 눈도 지금보다는 좋아질 거에요. 조금만 기다려 주세요"

느와르가 텅 빈 주사기를 빼내고, 수건 크기의 솜을 테이프로 주사를 맞은 장소에 붙이면서 생긋 웃는다.

"인간의 약을 드래곤에게…… 그것도 신화에 나오는 레벨의 거물에게 통할까?"

그 모습을 보면서 아이짱이 고개를 갸웃거렸지만 내가 보기에는 괜찮을 것 같아. 저것 보라고 저렇게 기분 좋게 코로 숨 쉬고 있잖아.

"응응, 숨을 쉴 수 있다는 건 즐겁다니까."

다행이라며 나는 몇 번이고 고개를 끄덕인다.

그때 아타타리 드래곤이 커다란 몸을 구부리며 내 얼굴에 콧잔등을 대고는 커다란 혀로 내 얼굴을 할짝.

"우와아!"

한 번 할짝대는 것만으로도 얼굴이 온통 젖어 비명을 지른다.

마음은 고맙지만, 조금은 힘 조절을 해줘!

하지만 이걸로 한 건 해결……!

그리고 다음 날 아침.

발진준비를 마친 파이널 하드호의 주변에는 무녀와 마을 사람들이 모두 모여 배웅을 나와 주었다.

"고마수니다. 고마수니다."

라고 우리들의 언어로 감사의 인사를 하는 모습에 가슴이 찡해진다.

이야기를 들어보니 컴파와 아이짱에게 배웠다고 하네.

성의의 표시로 산더미 같은 고기와 과일을 선물로 받고, 출발 준비를 할 때였다.

지면을 진동시키며 이쪽으로 다가오는 작은 산 같은 그림자가 나타났다. 물론 아타타리 드래곤이다.

"님 아타타리!"

"님 아타타리!"

어라라, 그걸 본 마을 사람들이 다시 바닥에 엎드린다. 이걸 당하는 장본인(장본 드래곤이라고 해야 되나?)은 어떻게 생각하려나.

그런 생각을 하고 있으려니, 내 옆에 선 블랑이 아타타리 드래곤의 얼굴을 바라본다.

"네 집을 얼음으로 덮어버린 건 사과할게."

처음에 봤을 때에 비해 부드러워진 드래곤의 눈을 바라보며 블랑은 말했다.

"아마, 3년 정도는 녹지 않을 거야. 그때는 다시 보러 오겠지만……. 그때까지는 마을 근처에서 살 수 있도록 부탁해 뒀어."

그 정도는 마을 사람들도 허락해 주겠지.

아타타리 드래곤도 '다 이해하니까 걱정하지 마'라는 느낌으로 목을 가르릉거리며 블랑을 내려다본다.

그때 나는 드래곤이 입에 무언가를 물고 있는 걸 발견했다.

조용히 그 자리에 주저앉은 아타타리 드래곤이 입에 물고 있던 걸 블랑의 앞에 놔둔다. 게임에 나오는 기사들이 사용하는 방패 같은 커다란 형태의 물건이다.

"이건…… 네 비늘? 주는 거야?"

그걸 본 블랑이 깜짝 놀라 이야기한다.

엎드려 있던 마을 사람들도 고개를 들어 웅성거린다.

"신에게서 선물을 받다니…… 여러분들도 신과 동격이로군요. 앞으로도 영원히 마을을 지키는 신으로서 저희들을 지켜 주십시오."(※의역)

마을 사람들은 진정시킨 무녀가 우리들 앞에 서서 고개를 숙이는 걸 말리면서.

"으아아아! 그렇게 대단한 것도 아니야. 치…… 친구…… 그래. 친구면 됐어! 알겠지!"

나는 그렇게 말했다.

"그럴 수는 없습니다. 이제부터 여러분들을 신으로서 마을에 맞이하는 의식을……."

안 되겠네. 더이상 여기 있다가는 우리들 모두 마을의 제단에 모셔지게 될 거야."

"마음만! 마음만 받을 테니까! 우리들은 해야 하는 일이 있어."

무녀와 마을 사람들이 필사적으로 붙잡는 걸 거절하고 우리들은 파이널 하드호에 올라탔다.

힘든 일도 많았지만 무사히 임무를 완료했으니 이제 학원으로 돌아갈까.

"아이쨩. 엔진 시동! 발진!"

"뭘 그렇게 잘난 척이야. 네프코는 그렇게 크게 활동한 것도 아니잖아."

"느와르보다는 낫지."

"왜 거기서 내 얘기가 나오는 건데!"

"아아, 시끄러워! 저쪽으로 가!"

아이쨩은 우리들을 조종석에서 쫓아낸 뒤 파이널 하드호의 엔진을 작동시킨다. 기체가 천천히 상승한다."

"마을의 신이 되는 건 무리지만, 다음에 올 때에는 먹을 것도 잠자리도 불편하지는 않겠네."

손을 흔들며 우리들을 배웅하는 마을 사람들과, 아타타리 드래곤의 모습이 점점 작아지는 걸 창밖으로 바라보며 나는 말했다.

"다음이라니…… 네푸네푸, 또 올 건가요?"

"당연하잖아 컴파. 이번 일을 끝내면 다시 도전할 거라고!"

"뭘 도전하려는 건데요?"

"있어, 있다고. 아직 괴수 게하곤을 찾지 못했는걸!"

"아, 아직도 그 얘기야? 넵튠노 끈질기다니까. 그 이전에 게하곤은 뭐야……."

"……그건 내 사전에도 실려있지 않아."

"그러니까 게하곤은 게하곤이라고, 환상의 괴수! 환상이니까 사전에도 없어!"

"시끄럽다고 했지! 조작에 집중하지 못하겠잖아!"

떨어져도 모른다고! 화가 난 아이짱의 말과 함께 파이널 하드 호는 속도를 내 정글에서 멀어졌다.

"다음에야말로 목을 씻고 기다리라고! 게하곤!"

"끈질기네!"

뚜~루루루♪ 쨔쟌~♪(검은색으로 화면 암전)

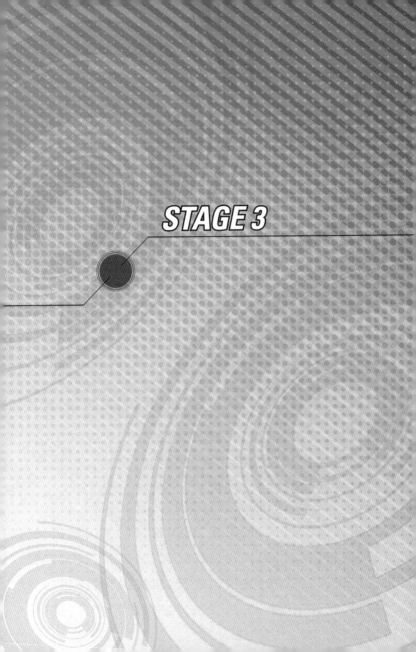

STAGE 3

I

"······대충, 이런 느낌의 정글 편입니다."

학원 시청각실의 대형 스크린에 비친 슬라이드 쇼를 닫고, 나는 뒤를 돌아봤다.

넓은 교실 한가운데에는, 매번 같은 언니팀 + 두 명에, 네프기어, 유니짱, 롬짱과 람짱의 동생팀도 같이 앉아 있다.

"네푸네푸, 굉장하네요. 언제 이렇게 사진을 찍었어요?"

감탄했다는 듯이 컴파가 크게 손뼉을 친다.

컴파군, 그렇게 칭찬하지 말아줘. 수백 장의 사진과 현장감 넘치는 해설에 의한 탐험 보고가 근사한 건 알고 있지만 동생들이 있는 데서 칭찬을 하면 부끄럽잖아.

힐끔 네프기어를 바라보니.

"그 최후의 '쨔쟌~♪'이라는 화면 암전······ 비행기 밖에서 찍은 거네. 언니······ 처음에 정글에 돌입할 때의 사진도 어쩐지 언니 얼굴에 핀트가 맞춰져 있고······."

"그것도 연출이 조금 과장됐어."

어, 어째서? 네프기어와 그 옆에 있는 유니짱. 언니의 위대한 족적에 감동하는 줄 알았는데, 그런 애매한 미소를 짓고 있는 건 어째서?

"재미없었어? ······선두에서 나아가는 탐험대장에게 카메라가

비치는 건 시리즈의 클리셰라고, 이번에 DVD 빌려줄 테니까 한 번 봐!"

"아, 재미가 없다는 게 아니라…… 어떻게 찍었는지 이상해서…… 그게 신경 쓰여서…… 그렇지 유니짱?"

"으응. 그 탓에…… 음…… 조금 연출이 과한 게 아닌가 하는……."

"그, 그렇지 않아?"

아무리 느와르의 여동생이라고 해도, 넘어갈 수 없어!

부당한 클레임에는 항의하고 싶다!

"이건 말이지, 연출이야, 연출! 아무리 봐도 발포 스티로폼으로 만들어진 거대 암석이 절벽에서 떨어지는 것도 시청자가 기쁘게 하기 위한 연출! ……뭐, 이번에는 준비할 시간이 없어서 그렇게까지 조작은 못 했지만."

응, 그게 조금 마음에 걸리네. 시간과 상황이 허락한다면 이왕 정글에 간 거 피라냐에게 쫓기는 것도 넣고 싶었는데. 반성을 섞어가며 내가 연출론에 관해 이야기하고 있으려니,

"……네푸네푸, 지금 '조작'이라고 말했어요."

"말하다가 밑천이 드러난다는 게 이런 건가."

어이 거기, 외야에 있는 벨&느와르! 시시한 딴죽 걸지 말라고!

"언니 그렇게 화내지 마. 언니가 우리들을 즐겁게 하려고 이것저것 생각해준 건 잘 알겠어."

"그래그래, 그래요 넵튠 씨. 롬이랑 람도 즐거워했는걸요. 그렇지? 재미있었지? 둘 다?"

"응. 두근거렸어. 그렇지 롬짱?"

"…… 드래곤 씨도 병이 나아서 다행이야. (생긋)"

훌륭해! 롬도 람도 착한 아이로구나! 있는 그대로를 받아들이는 솔직한 감성이라니!"

"동생들이 신경 쓰게 하고 거기에 기뻐하는 모습이라니. …… 탐험보고는 다 끝났지? 그럼 비켜줘."

기뻐하는 나에게 찬물을 퍼붓는 것은 말할 것도 없이 솔직하지 못한 사람의 대표주자인 느와르.

조금은 롬이나 람을 본받아도 좋을 텐데 말이지. 뾰로통하게 있는 나를 길고양이를 내쫓는 것처럼 영사기 앞에서 내쫓는 느와르.

"별거 아닌 경과보고에 시간을 잡아먹었지만, 정글 조사는 무사히 끝났어. 그리고 남은 건……. 효율 높게 끝내기 위해 너희들도 협력해 줬으면 해……."

라고 잘난 척 이야기를 시작한다.

그러자.

"오, 여기 있군. 아가씨들."

느와르의 연설을 무자비하게 끊으며 난폭하게 문을 열고 들어오는 사람은 얼마 전부터 계속 학원에 눌러앉아 있던 저지였다.

그건 그렇고 여전히 인상적이라고 해야 하나, 문자 그래도 튀어나온 얼굴이라니까 이 사람. 그것도 오늘은 굉장한 복장이다. 뾰족한 얼굴 아래에는 어째서인지 목수들이 입는 것 같은 웃옷에 복대. 헐렁한 바지에 작업화를 입은 저지가, 안짱다리로 다가온다.

"뭐, 뭐야 그 복장은."

눈에 띈다고 해야 하나, 이상하게 어울리는 그 복장에 내가 물어보자.

"뭐긴, 매직 컴퍼니는 일단은 건설회사니까. 이건 일하는 남자의 정장이라고."

폼을 잡으며 저지가 말했다.

"왜 그 정장 어쩌구를 입고 있는 건지 물어보는 건데?" 다시 내가 물어보자.

"학장이 부탁해서, 아가씨들을 위해 이것저것하고 있어."

"이것저것?"

"자세한 설명은 학장이 해줄 거야. 지금 학장실에서 기다리고 있어. 나는 심부름으로 온 거야. 그 사람 말은 거역할 수 없으니까."

불량배답게 무뚝뚝하게 문을 턱으로 가리키면서 그렇게 말하고는

"그럼, 나는 전달했다. 나 같은 녀석이랑 같이 걸어가는 걸 다른 놈들이 보면 껄끄러울 테니. 먼저 갈게."

저지는 손을 흔들고 시청각실을 뒤로했다.

마제콘느 선생이 부른 거라면 갈 수밖에 없지, 우리들도 자리에서 일어나 학장실로 향했다.

시간은 저녁 조금 전, 그러니까 방과 후네. 돌아갈 준비를 하는 아이들과 체육복으로 갈아입고 부 활동을 하는 아이들과 마주친다. 그건 상관없지만.

"네푸네푸, 요즘 바쁘네. 뭐 하고 있어? 또 누가 부탁이라도 한 거야?"

다른 아이들이 걱정스럽다는 듯이 물어보면 뭔가 껄끄럽다.

솔직하게,'세계의 위기를 구하려고 하거든' 이라고 말하고 싶기도 하지만, 시시한 농담이라고 생각해 흘려 넘기겠지. 오늘도 몇 번인가 적당히 얼버무리고,

"……부 활동이라. 청춘이네. 저런 것도 좋구나."

지나가는 반 친구들의 뒷모습을 보면서 내가 그렇게 중얼거리니,

"좋긴 뭐가, 네프코는 아무 데도 가입 안 했잖아. 매일 기지에 가던지 바로 기숙사로 가던지. 둘 다 게임이나 하면서 뒹굴거렸지만."

갑자기 무슨 소리냐며, 아이짱이 한심하다는 듯이 말한다.

"듣고 보니 그렇긴 한데…… 그게 아니라."

입 밖에 낸 거라 물리지도 못하고, 새로운 것에 도전해 보는 것도 나쁘지 않을 것 같다고 말해본다.

부 활동…… 부 활동이라, 그것도 재미있을지도.

신학기부터 하면 어쩔지는 잘 모르겠지만 조금은 진지하게 생각해 볼까. 하지만 노력! 근성! 인내! 이런 체육계통은 싫고,

"……부 활동 ……부 활동 ……게임 연구회?"

문득 떠오르는 생각을 말해 본다.

말하자마자 '지금까지 하던 거랑 뭐가 다른데!'하고 여기저기서 딴죽을 건다.

그, 그건 그러네.

그렇게 이런저런 이야기를 나누는 사이에 학장실에 도착했다. 다음에는 어떤 미션을 주려나?

"부 활동은 나중에 생각한다고 치고, 이만큼 열심히 했으니까 전부 끝나고 나서 '이거야말로 학생의 청춘!'이란 느낌의 보상을 요구해도 벌을 받지는 않겠지!"

웃으며 학장실의 문을 열자.

"그런가. 추가시험으로 겨우 학생의 본분에 눈을 뜬 건가. 상관없지, 그렇게까지 원한다면 봄방학에는 학생답게 공부합숙을 준비해 줄게."

특무기관의 사령관처럼 깍지를 끼고 커다란 책상 너머로 빤히 이쪽을 바라보고 있는 마제콘느 선생과 눈이 마주쳤다."

"그, 그런 말 안 했는데요……."

"학생의 청춘! 이란 느낌의 보상이 필요하다며? 교직원동에서 쩌렁쩌렁한 목소리로 떠들다니……. 상관없겠지. 그쪽에

앉아."

"저기 마제콘느 선생, 공부학습은 좀."

"앉으라고."

······아, 네.

II

"갑작스럽지만 이쪽의 준비가 끝나는 대로 천계로 가줘야 겠어."

저주와도 같은 '공부합숙'이라는 네 글자에 내가 머리를 끌어 안고 있거나 말거나 마제콘느 선생은 시원시원한 목소리로 그렇게 말했다.

"매직 일행이 천계와 지상을 연결하는 전송 게이트 생성장치 를 만들었어. 전원 파이널 하드호를 타고 재빨리 천계로 가서, 지상관리 시스템을 재기동할 수 있도록 ······질문 있나?"

여러 가지로 갑작스러운 전개에 모두가 혼란스러워하는 가운 데, 느와르가 제일 먼저 손을 들고 말했다.

"아직 퍼플하트의 검······ 재기동 열쇠를 사용하기 위한 데이 터 수집이 끝나지 않았는데요······."

정글에서 힘들게 데이터를 모았던 일행들은 모두 고개를 끄덕 인다. 마제콘느 선생을 그런 우리들을 바라보더니.

"데이터는 다 모았어."

아무렇지도 않게 이야기한다.

우리들은 깜짝 놀라 고개를 갸웃거린다.

"아타타리 신의 권속이라고 하던 드래곤의 비늘, 그것도 데이터 수집의 일환으로 조사해 봤는데……."

멍한 우리들에게 마제콘느 선생은 담담한 목소리로 놀라운 사실을 밝힌다. 마제콘느 선생의 말에 의하면,

블랑이 감사의 표시로 받은 그 비늘, 커다란 방패 정도의 크기였던 거, 기억하지? 사실은 그게 정신이 아득해질 정도로 긴 시간에 걸쳐 바위의 형태와 흙이나 생물의 사체, 여러 가지 것들이 조금씩 쌓여서 커진 거라고 해.

지층 같은 거라고 마제콘느 선생은 말했지만, 내 이미지로는 밀피유 디저트 같은 거라고 해야 하나?

그래서 그걸 자세히 조사해 보니, 드래곤은 정글에 정착할 때까지 전 세계를 이동하며 살았던 것 같아.

다시 말해 그 커다란 비늘에 남아있는 것들을 조사한 것만으로도 많은 데이터가 모였다고 하네.

"나도 전문분야는 아니라 자세히 말할 수는 없지만, 대학 교수들이 귀중한 자료가 들어왔다고 기뻐하고 있어. 잘했어. 블랑."

드물게도 온화한 표정으로, 마제콘느 선생이 블랑을 칭찬했다.

한편, 블랑은,

"그렇군요. 소설의 자료가 될 것 같으니, 나중에 자료를 주세요."

기뻐하는 건지, 아닌 건지, 언제나와 같은 담담한 얼굴.

그 대신이라고 말하기는 뭐하지만 롬과 람은 기뻐하며,

"……언니, 굉장해."

"과연. 우리 언니가 제일이라니까!"

만세 포즈를 취하며 언니의 위업을 칭송한다.

역시 귀여워.

그런 두 사람을 흐뭇하게 바라보며 나는 말했다.

"다행이네. 설마 아타타리 드래곤은 우리들이 뭘 하러 정글에 왔는지 알고 있었던 게 아닐까?"

감사의 표시로만 알았던 그 비늘에 그런 가치가 있을 줄이야.

역시 주인공이 파티에 들어가니 뭔가 다르다니까. 이거다! 싶은 부분에 차이가 크게 난다고 할까? 음 나는 타고났으니까, 음 타고나서 이런 거라고.

내건 내 거. 네 것도 내 거…… 라고는 말하지 못하지만 이거야말로 절대 부동의 주인공인 내가 팀에 있었기 때문에 이런 전개가 되는 거겠지.

"느와르도 그렇게 생각하지?"

"그렇다면 나에 대한 지독한 대우도 넵튠 탓인 거로구나. 아이에프가 할만한 대사긴 하지만, 그렇다면 대대손손 저주할 거야.

"아니, 그건 좀 이상한데."

"처음부터 네 논리가 이상한 거겠지."

느와르가 무서운 눈으로 나를 바라본다. 큰일 났다. 이야기할 상대를 잘못 골랐어.

"음, 일단 세세한 건 넘어가도록 하고."

느와르의 잔소리를 은근슬쩍 피하며 나는 마제콘느 선생을 향해 손을 들었다.

"그럼 출발은 언제 하면 돼요? 슬슬 학기 말이고 모두들 들떠 있으니 가능하면 빨리했으면 좋겠는데요."

"흐음, 봄의 공부합숙이 그렇게 기대되는 건가?"

"……그것도 넘어가도록 하죠."

"언젠가는 그동안 넘어간 것들이 쌓여서 넘어가지 못하는 거 아니에요?"

잠깐만 벨, 회피하자마자 그런 말을 하면 어떻게 하라고.

"언제 출발하죠? 간다고 하면 재빨리 해치우는 게 좋을 것 같은데요."

다시 한 번 마제콘느 선생에게 그렇게 물어보자, 선생은 갑자기 일어나며 말했다.

"그건 매직이 얼마나 해주느냐에 달렸지. 지금부터 전송 게이트의 동작 테스트를 시작한다."

마제콘느 선생은 우리들의 질문은 무시하고 파이널 하드호로 우리들을 안내했을 때처럼 저편으로 걸어갔다.

"빨리 오라고."

대사까지 똑같잖아. 예산 사정으로 동화를 아끼는 애니메이션도 아니고 말이지.

"전투 신은 작화가 좀 좋아지려나?"

"네푸네푸, 작화라니 무슨 말이에요?"

"아니 그게……."

이런 실없는 말에 진지하게 질문하면 곤란하단 말이지. ……음 어쩔 수 없네, 이것도 일단 넘어가자.

으으…… 이러다가는 정말로 언젠가는 넘어가지 못하는 날이 올지도…….

Ⅲ

다시 말할 것도 없이. 마제콘느 선생이 우리들을 데려간 곳은, 그 슬프디슬픈 출격 신으로 우리들 사이에서 화제가 됐던 그 목장이었다.

플라네 스타디움이 몇 개나 들어갈 것 같은 넓은 공간은, 아타타리 드래곤과 처음 만났을 때를 생각나게 했다.

"저기 봐 롬짱! 양이야, 양! 나 먹이 줄래!"

"……나도나도. (꼬물꼬물)"

여전히 우리들 외에 사람의 모습은 보이지 않고, 목장은 평화롭다.

해 질 무렵이기도 해서, 불어오는 바람은 교복만으로는 조금은 싸늘하다. 바람이 스쳐 지나가자 농장 한편에 펼쳐져 있는 초록빛 목초가 바스락바스락 소리를 낸다.

"지금 생각해 보니 소나 양에게 있어서는 여기는 뷔페 레스토랑이겠네."

그 초원을 헤쳐나가며 다가오는 양들에게 풀을 먹이고 있는 꼬마 둘을 바라보며 나는 그렇게 말했다.

"뷔페 레스토랑?"

옆에 있는 네프기어가 그렇게 묻는다.

"그렇잖아. 풀도 여러 종류가 있잖아? 그렇다는 건, 양의 시선으로 보면 이 목장 전체가 레스토랑이라는 거지. 백수도 될 수 있고 살도 찌겠지? 부럽다."

"양들이 백수인 건 아닌 것 같은데……"

"역시 풀에 따라서 맛이나 식감이 다를까?"

"……양의 시선도 좋지만, 침을 삼키면서 말하지는 마. 언니."

가자, 모두들 기다리잖아. 네프기어가 내 손을 잡으며 양들과 놀고 있는 아이들에게도 '너희들도 가야지'라며 말한다.

네프기어의 말을 들은 두 사람이.

"잘 있어, 양들아."

"……또 만나자."

스커트로 손을 닦으면서 뛰어올 때쯤에는 모두들 완만한 언덕을 올라가 언덕 위에 서서 우리들을 기다리고 있다. 서두르자며, 어째서인지 넷이서 손에 손을 잡고 언덕을 뛰어 올라갔다.

"미안해, 기다렸지?"

우리들이 달려가는 사이, 고개를 숙이고 발목까지 온 목초를 가볍게 쳐가며 시간을 때우고 있던 컴파의 어깨를 툭툭 치며 말하자,

"저도 방금 왔는걸요."

생긋 웃으며 컴파가 대답하고, 동시에 아이짱이 휘청 발을 헛디딘다.

"방금 오길 뭘! 소싯적 미소녀게임 같은 대사는 그만두고 저쪽을 보라고."

오랫동안 같이 지내서 드디어 컴파도 내 개그에 맞춰주는구나 라고 감격에 젖어있을 시간도 없었다. 아이짱이 양팔로 내 머리를 가차 없이 누른다.

나는 꾸엑 이라고 소리 지르면 안 될 것 같은 소리를 지르며 반대쪽을 내려다본다.

반대쪽의 경사를 내려다보고 나는 깜짝 놀랐다.

주변이 언덕에 둘러싸여 밥그릇 밑바닥 같은 곳에 평화로운 목장과는 어울리지 않는 번쩍거리는 무언가가 세워져 있다.

"발사대야 언니!"

저게 뭐지? 라고 말하려던 순간 나 이상으로 흥분한 듯한 네

프기어가 내 목을 끌어안고 소리 지른다.

"목은 그만둬. 지금 목은 안 돼!"

"저기 있는 게 파이널 하드호로구나! 굉장해!"

항의의 눈빛을 담아 아이짱을 툭툭 치며 말해 보지만, 기계를 눈앞에 둔 네프기어의 귀에는 들어오지도 않는다.

"가자! 더 가까이에서 보고 싶어!"

그리고 이번에는 네프기어가 팔을 잡아당겨 끌려 내려간다. 아, 안 되겠어 지금 네프기어는 눈앞의 기계밖에 보이지 않는다고.

으아아, 달려가는 것도 좋지만, 부탁이니까 조금만 천천히! 넘어져, 넘어진다고! 듣고 있어? 어이, 네프기어.

"괜찮아 네프코? 네프기어는 얌전하지만 가끔씩 폭발할 때가 있구나.

바로 지금이 그때입니다.

걱정스럽게 말하는 아이짱의 손도 붙잡아, 거의 양팔이 들린 듯한 자세로 나도 네프기어와 함께 발사대를 올려다본다.

내 눈에는 발사대라기보다는 턴테이블로 보이지만.

케이크에 비유한다면 스펀지 케이크 부분? 그 위에 올려져 있는 파이널 하드호가 초콜릿 장식인 건 아니지만.

그리고 생일을 축하해 주는 것처럼 파이널 하드호를 양초처럼 둘러싸고 있는 몇 개인가의 길고 가는 장대에서는 불꽃 대신에 천사의 고리 같은 링이 하나씩 달려 천천히 회전하고 있다.

누가 언제 이런 걸 만들었을까 생각하며 시선을 지면으로 돌리자, 슈츠를 입고 노란 헬멧을 쓰고 있는 매직과 아까 본 목수 스타일의 저지, 그리고 작업용의 수수한 점퍼를 입은 트릭, 세 사람이 이쪽으로 다가오는 게 보였다.

"작업했다는 게 이거야?"

커다란 케이크형 발사대(제멋대로 이름 지음)와 여전히 게걸음으로 터벅터벅 걸어오는 저지를 교대로 가리키며 유니짱이 눈을 커다랗게 떴다.

"이게 본업이라고 말했잖아. 안 그래 트릭?"

"음, 아이들도 천계로 간다면 대충대충 할 수 없지. 건설회사의 명예를 걸고 완벽하게 설계했어."

둘 다 팔짱을 낀 채 가슴을 펴고 자랑스레 이야기한다.

매직은 헬멧을 벗고 가볍게 머리를 정돈하면서.

"기대대로 완성된 것 같습니다. 마제콘느 선생."

머리를 숙이며 이야기한다.

"잘했어. 재촉해서 미안해."

쭉 늘어서서 발사대를 올려다보고 있는 우리들을 밀어 헤치며 마제콘느 선생은 매직에게 무언가를 건네준다.

"공사 대금인가?

"그럼 저런 카드로 주지 않겠지."

내가 그렇게 말하자. 아이짱이 날카로운 눈으로 마제콘느 선생의 손을 훔쳐보며 말한다.

"신용카드일지도 모르잖아. ……왜 그래, 아이짱? 그런 진지한 얼굴로?"

"네프코는 신경 쓰이지 않아?"

"뭐가?"

"뭐라니……."

"아이짱이 초조한 얼굴로 내 쪽으로 고개를 돌린 그 순간.

"전송 게이트 전개장치의 테스트를 시작한다. 너희들도 기체에 올라타."

마제콘느 선생이 손뼉을 치며 긴장된 목소리로 그렇게 말했다.

나와 아이짱의 대화도 어물쩍 넘어가 버린다. 우리들은 마제콘느 선생님의 재촉에 파이널 하드호에 올라탔다.

"왜, 왜 이렇게 내장이 귀여운 걸까?"

"커다란 비행기라고는 생각했지만, 내부도 굉장히 넓네."

처음 탔을 때의 우리들처럼, 기체의 바깥쪽과 안쪽의 차이에 네프기어와 유니가 당황해 한다. 그 사이 파일럿인 아이짱이 조종석에 앉았다. 마침 그때,

'준비됐어? 먼저 바깥의 상황을 모니터링 할 수 있도록 해봐.'

마제콘느 선생의 목소리가 스피커 너머로 들려와, 아이짱이 '알겠어요.'라고 말하며 스위치를 조작한다.

그러자 조종석 뒤쪽, 우리들이 있는 귀여운 거실 같은 탑승석의 벽에 설치된 모니터에 바깥 영상이 비친다.

그곳에 비치는 건, 해 질 무렵의 하늘, 다시 말해 파이널 하드호의 바로 위. 어딘가에 카메라가 달려 있는 것 같다.

그 후에 다시 마제콘느 선생의 목소리가 들려와, 조종석의 아이짱과 함께 발진순서를 자세히 확인한다.

'그럼 이제부터 전송 게이트 전개 테스트를 실시한다.'

'언제라도 상관없어요.'

아이짱이 그렇게 대답한다.

우리들도 무슨 일이 일어날지 주목하며 모니터를 주시한다.

그러자 하늘을 향해 몇 개인가의 레이저 광선이 뻗어 올라간다. 양초의 끝에 달린 고리에서 발사하는 건가?

그런 생각을 하는 사이 레이저 광선을 맞은 하늘 한구석에 이상한 변화가 일어나기 시작했다.

조금 전까지는 아무렇지도 않았던 하늘이 소용돌이가 생긴 것처럼 일그러지기 시작해, 저녁노을과 섞여 롤리팝 캔디처럼 색이 섞이기 시작했다.

오오~! 탑승석의 우리들이 환호성을 지르는 사이에 하늘에 떠 있는 롤리팝 캔디는 점점 커져서, 한가운데에서 무지개 빛깔의 빛이 캔디의 녹색 부분을 향해 퍼지기 시작한다.

"저 안에 파이널 하드호를 돌진시키면 천계에 갈 수 있다……는 건가요?"

모니터에 비치는 무지갯빛 소용돌이를 가리키며 벨이 그렇게 말하고는, 나와 네프기어를 본다.

응, 하지만 이런 기대감 넘치는 눈으로 우리를 바라봐도 곤란한데. 솔직히 나도 지상과 천계가 어떻게 이어져 있는지 모르는 데다가, 이렇게 엄청난 건 본 적이 없거든.

"어때, 네프기어? 내가 기억상실에 걸리기 전에, 이런 방법은 쓰지 않았지?"

"으음, 규모는 크지만 우리가 보통 사용하는 전송장치랑 원리는 같을 거야. 위상관측식 체임버로 압축한 차원변환입자를 삼축 타원형으로 공중에서 고정해서……."

어버버버버.

부탁입니다. 네프기어님, 그쯤에서 끝내주세요.

또 실수했네. 네프기어에게 이쪽 분야의 이야기를 시키면 끝이 없다니까.

"그럼 저기 있는 검은 점들도 그 입자가 뭔가 영향을 받은 건가."

그런 네프기어의 이야기를 가로막는 것처럼 블랑이 모니터를 바라보며 이상한 이야기를 한다.

"검은 점들?"

응? 무슨 소리지? 나는 다시 한 번 모니터를 바라봤다.

아, 확실히 무지갯빛 소용돌이의 여기저기에 블랑이 말하는 것처럼 검은 점들이 있네. 그것도 보고 있는 사이에 점점 늘어나는 것 같고. 하지만 너무 작아서 잘 안 보여.

"뭐지? 아이에프 씨. 확대할 수 있나요?"

조종석으로 향하는 문은 지금은 열려있다. 네프기어가 아이짱에게 그렇게 말하자.

"가능해…… 여기."

아이짱이 그렇게 대답하고는, 비행기 밖에 있는 카메라를 조작해 확대한다.

그리고 확대된 검은 점이 모니터에 비치자.

"언니!"

"네프기어!"

네프기어와 나는 거의 동시에 소리 질렀다.

나도 모르게 그 자리에서 튕겨져나갈 정도로.

아이짱이 확대한 검은 점들…… 그건 예전에 천계에서 나와 네프기어를 공격했던 녀석들이었다.

검은 공 같은 몸. 그 몸에 달린 다리에 레이저 포와 빔 샤벨과 미사일 런처 등의 무기가 달리고, 새빨간 눈처럼 보이는 센서가 빙글빙글…….

착각일 리가 없어.

"가디로이드다!"

나와 네프기어는 동시에 외쳤다.

IV

떨어진다. 떨어진다. 떨어진다!

무리를 지어 가디로이드가 아래로 떨어진다.

녀석들을 상대하는 건 정말로 힘들었어. 한 대씩이라면 별거 아니지만, 숫자로 밀고 들어오는 건 어쩔 수 없다.

거기다가 더욱 위험한 건, 쓰러진 녀석에게 붙어있는 무기를 멀쩡한 녀석이 가져가서 자신이 장착하는 것. 무기를 부수거나 본체를 부수거나, 동료의 시체에서 사용할 수 있는 걸 모아 파워업하면 끝이 없다.

부활한 주인공에게 있을 법한 패배의 기억에 당황하고 있으려니,

"가만히 놔두면 가디로이드는 끝없이 늘어날 거예요! 빨리 테스트를 중지하고 게이트를 닫아야 해요!"

조종석으로 달려간 네프기어가 통신기를 향해 외친다.

'······아니, 게이트는 닫지 않는다.'

하지만 통신기 저편에 있는 마제콘느 선생은, 네프기어의 필사적인 호소에 믿을 수 없는 대답을 했다.

닫지 않는다니······ 닫지 않으면 어쩔 건데!?

"닫아요. 마제콘느 선생! 녀석들은······."

참을 수 없어 나도 조종석으로 달려가 네프기어 대신 통신기를 향해 그렇게 말한다.

'알고 있어! 너희들이야 말로 잘 들어!'

내가 말을 끝내기도 전에 마제콘느 선생의 외침이 비행기 안

에 울려 퍼진다.

'저 무인병기가, 천계에서 너와 네프기어를 공격했던 녀석들이라고 했지? 자세한 사정은 모르겠지만 아무래도 한 방 먹은 것 같군.'

"먹은 것 같다니, 차분하게 이야기하고 있을 때가 아니라고요! 그러면 더욱더……."

'시끄러워. 바로 실전으로 들어가니까 빨리 준비하라고 하는 거야.'

바로 실전!? 그렇다는 건 이대로 천계로 가는 건가?

깜짝 놀란 내가 통신기에서 멀어지자,

'선봉은 나에게 맡겨. 너희들을 힘들게 한 속죄라고 생각해 줘.'

'공사용이지만, 이번 파워드 슈트는 아가씨들과 싸웠을 때의 누더기와는 다르다고!'

마제콘느 선생을 대신해 매직과 저지의 목소리가 들려온다.

"네푸네푸! 저길 보세요! 밖에서 매직과 저지가 검은 물체와 싸우고 있어요!"

아아, 뭐가 어떻게 되고 있는 거야!

탑승석으로 돌아가 모니터를 보니, 컴파가 말한 것처럼 코스튬 모습의 매직과 그 단단한 파워드 슈트(색은 검은색과 노란색의 공사용 투톤 컬러였다)를 입은 저지가 파이널 하드호로 몰려오는 가디로이드들을 쓰러뜨리고 있다.

……가, 강하다(확신).

나와 싸웠을 때보다도 훨씬 강한 거 아냐?

"매직도 여신후보 양성학과 졸업생이었을 거야. 문제아였지만 동기들 중에서는 최고의 실력이었다고 했어."

느와르가 모니터에 비친 매직의 전투를 홀린 듯 바라보며 침을 삼키고는 말한다.

확실히 매직의 전투는 강렬하다.

보통 때에도 거대한 낫이 무기인 듯, 다루기 어려워 보이는 낫을 자유자재로 휘두르며 가디로이드들을 두 동강 낸다.

저지도 그에 지지 않는다. 우리와 싸웠을 때에는 금세 과열되었던 고물과는 모양만 같을 뿐 기동성은 전혀 다르다. 정말로 공사용인 거야? 분명히 취미로 마개조한 걸 거야.

'저쪽의 상황은 상상 이상으로 심각할지도 몰라. 여닫을 때마다 저런 게 오면 우리도 견딜 수 없다고. 알겠으면 빨리 가. 우리가 어떻게든 할 테니까.'

매직과 저지가 시간을 버는 사이에, 다시 마제콘느 선생이 우리에게 말한다.

그 순간 숫자로 밀고 들어와 매직과 저지의 방어선을 뚫은 가디로이드가 일제히 공격을 시작한다. 몇 발인가가 발사대를 스쳐 지나가 파이널 하드호가 흔들린다.

"다음에는 위험해. 네프기어! 넵튠 씨!"

알고 있어 유니짱. 녀석들에 대해서는 싫을 정도로 잘 알고 있다고.

녀석들, 눈에 닿는 건 사람도 물건도 뭐든 파괴한다는 생각밖에 없으니까.

내 머릿속에 천계에서 가디로이드들과 싸웠을 때의 기억이 되살아난다.

이대로 멍하니 있다가는 파이널 하드호뿐만이 아니라 목장의 양과 소들도…… 아무것도 모른 채로 평온한 일상을 보내고 있는 학원의 모두들도…….

"안 돼…… 그냥 넘어갈 수는 없어."

나는 작은 목소리로 그렇게 중얼거렸다.

응, 안 돼. 내가 좋아하는 학원에 손을 대는 건 용서할 수 없어.

"라스트 보스를, 쓰러뜨리러 가볼까?"

각오를 다지고, 이번에는 모두 들을 수 있도록 그렇게 말한다.

모니터에서 눈을 떼고 돌아보자 모두의 시선이 나에게 향한다.

"봄방학 때는 '정말로 그때는 힘들었어'라고 웃으면서 모두 같이 신나게 논다! ……그렇죠, 마제콘느 선생. 그 정도의 포상이 있어도 좋겠죠?"

모두의 마음은 똑같다.

'흥, 그런 요구는 일을 끝내고 나서 하라고.'

표정은 보이지 않지만, 나의 그 말에 마제콘느 선생이 웃는 건 알 수 있었다.

좋았어, 결정! 이대로 천계에 가서, 나쁜 놈들은 모두 네푸네푸하게 해줄 거야![16]

"아이짱, 발진준비!"

"네가 구시렁거리는 사이에 다 끝났어."

아이짱의 어깨를 두드리며 내가 그렇게 말하자마자 기분 좋은 대답이 들려온다. 역시 아이짱이라니까!

"그럼, 간다! 파이널 하드호, 리프트오버!"

그냥 '발진'이라고 하면 될 것 가지고 아이짱이 더블스틱을 좌우로 벌린다.

'이제 마무리야. 게이트를 완전히 해방한다.'

파이널 하드호가 케이크모양의 발사대를 출발하자 트릭에게 통신이 연결돼 양초형 장대에서 레이저가 강하게 뻗어 오른다.

'좋았어, 그대로 속도를 내서 게이트에 뛰어들어. 1초 만에 천계로 갈 거야.'

"알았어. 엔진출력 상승! 가속한다!"

아이짱이 더블스틱으로 파이널 하드호를 정교하게 조작해 하늘 위에 소용돌이치는 게이트를 향해 기체를 상승시킨다.

그 사이에도 가디로이드들은 매직과 저지의 연속공격에 차례

---

16 하츠네미쿠의 노래 미쿠미쿠하게 해줄게.

대로 격추돼, 파이널 하드호에는 다가오지도 못한다. 게이트까지 도착했을 때.

"마제콘느 선생."

아이짱이 조작을 멈추고 통신기를 향해 말을 건다.

'……뭐지?'

"이스투와르님에게 전할 이야기는 없나요?"

응? 왜 여기서 잇승의 이야기가?

나는 잘 모르겠지만 아이짱과 마제콘느 선생 사이에는 뭔가 통하는 게 있는 모양으로,

'……언젠가 때가 되면 다시 만나자.'

얼마간의 시간이 지나고, 마제콘느 선생이 짧게 대답한다.

"꼭 전할게요."

아이짱도 짧게 대답하고는,

"돌입한다!"

그 대화를 신호로 삼아 파이널 하드호를 눈앞에 펼쳐진 무지갯빛 소용돌이에 부딪힌다.

그 순간, 온몸이 파도에 휩쓸리는 듯한 부유감이 느껴지고 그 감각이 사라졌을 때에는 우리들은 다른 하늘에 있었다.

조금 전까지의 저녁놀이 아닌. 푸른 하늘.

"여기가 천계야?"

조종석 등받이에 달라붙어 있던 네프기어와 그 네프기어에게 달라붙어 있던 나를 향해 아이짱이 말한다.

"천계라고 해서 하늘 위에 있을 거라고 생각했는데…… 그건 아니네."

"하늘은 푸르지만, 태양은 어디에도 보이지 않네요."

"구름도 없어."

바로 뒤에서 느와르와 벨, 블랑의 목소리가 들려온다.

왜 그래 모두들, 안전벨트도 풀고. 깜짝 놀랐잖아. 컴파랑 동생들은 내버려두고, 언니들이 그러면 안 돼.

"네프기어짱, 설명해 주실래요?"

무시하지 말라고!

"천계는, 지상의 하늘…… 이라고 하는 것도 이상한 표현이지만, 그곳과 우주 사이에 있고, 보통은 특수한 장벽으로 감춰져 있어요. 저도 잇승에게서 예전에 들은 것뿐이지만요."

네프기어도 나를 무시하고 대답하면 안 되지.

……아, 그랬었구나. 나도 지금까지는 하늘 위에 있는 줄만 알았어.

예전에 내가 지상으로 떨어졌을 때는 그 장벽을 잇승이 지워 준 거로구나. ……그때는 가디로이드를 쫓아내는 것만으로도 힘들었으니까.

"천계의 육지는 쉽게 말하자면 '부유 대륙'이 몇 개인가 있어서……. 아 저기 보이네요. 눈앞에 보이는 저거에요."

네프기어가 그렇게 설명하며 앞쪽을 가리킨다.

"저, 저도 보고 싶어요!"

"나도! 나도! 보여줘!"

"······보여줘(두근두근)."

아아, 모두들 이쪽으로 오잖아. 그리고 너무 좁다고!

"어이짱, 카메라, 카메라! 위쪽만 향하지 말고 앞을 찍으라고! 뒤쪽 모니터에도 비치게!"

뒤에서 밀려오는 아이들과 네프기어의 등 사이에 끼어 숨을 쉴 수 없게 된 나는. 그렇게 비명을 질렀다.

"아, 미안해. 지금 비출게."

"들었지! 모두들 돌아가라고! 이대로라면 나는 전병처럼 납작해진단 말이야!"

네프기어를 가이드로 조종석에 남기고, 나는 모두를 이끌고 탑승석으로 돌아간다.

하아, 라스트 보스전 바로 직전에 동료에게 깔려 끔살이라니 그런 주인공은 들어본 적도 없는데.

심호흡해 꾹꾹 눌려 텅 빈 폐에 공기를 주입한 후, 나는 모니터를 바라봤다.

모니터에 비치는 것은 파란 하늘에 떠오른 대륙, 이라기보다는 네프기어가 있던 섬과 비슷한 육지. 그게 카메라에 확대돼 있다.

"저게 나와 네프기어가 살았던 곳이야."

그 이름도 'V 새 타워'였을 거야······ 아마도.

"보랏빛으로 빛나는 게 아름답네요. 아메시스트로 만들어진 것 같아요."

응 나도 바깥에서 보는 건 오래간만이지만, 아름답네.

저기에 나와 네프기어의 집도 있고, 잇승도 있고, 지상을 관리하는 시스템도 있을…… 거야.

"여기에서는 아직 보이지 않지만, 반대쪽에는 또 하나, 검은 타워가 있어요. 그쪽은 'Hi 새 타워'라고 불리고 그쪽에 폭주한 서브시스템이 있어요.

내 설명을 받아, 네프기어가 조종석에서 대화했다.

"그렇구나 그 'Hi 새 타워'[17]라는 곳에서 그 가디로이드들이 나온 거로구나."

그 이야기에 덧붙이듯이 아이짱이 말한다.

"……저렇게."

네? 저렇게라니, 어떻게요?

그건 이렇게였다.

아이짱이 카메라를 확대하자, Hi 새 타워의 좌우를 감싸는 것처럼, 검은 구름 같은 것들이 이쪽으로 다가온다…….

설마, 저 구름이 전부 가디로이드……?

"아, 이건 위험한 전개인데."

현실성이 떨어지는 전개에, 내가 남의 일처럼 말하니,

"공격하고 있어요!"

---

17 세가의 콘솔하드 새가새턴의 기종 개발에 관련된 JVC에서 만든 V—새턴과 히타치제작소에서 만든 Hi—새턴

나를 향한 단죽으로 보기에는 과격한 공격이 검은 구름에서 일제히 쏟아진다!

"긴급회피!"

아이짱이 그렇게 외치고는, 파이널 하드호를 오른쪽으로 급히 회전시킨다. 그 충격으로 탑승석이 위아래로 격렬하게 흔들린다.

"굉장한 숫자! 넵튠도 네프기어도 잘도 이런 걸 상대했네!"

느와르가 신경질적으로 외치고는,

"저 대군이 지상으로 향하면 큰일이에요!"

벨도 펄럭이는 스커트 자락을 손으로 움켜쥐며 드물게도 큰소리로 외친다.

"게이트는 닫혔어. 저들이 노리는 건 우리들이야."

블랑은 비명을 지르고 있는 쌍둥이들을 품에 안으며 침착하게 이야기한다.

"아이에프 씨, 저걸 전부 상대하는 건 무리에요!"

네프기어의 목소리도 상기돼 있다. 하지만 여기서 제일 힘든 건 아이짱.

"그래서! 어떻게 하라는! 건데!"

상하좌우 그리고 옆으로! 필사적으로 가디로이드의 맹공격을 피하는 아이짱도 여유가 없다.

"V 새 타워까지 가 주세요! 누, 눈에는 보이지 않지만 잇승 씨가 타워 전체에 방어 필드를 쳐 놨어요!"

"방어 필드!?"

"어, 언니가 행방불명이 된 다음에! 그, 그걸로 어찌어찌 공격을 막! ……아야야, 혀를 깨물었네요."

"간단히 설명해 줘!"

다시 한 번 파이널 하드호가 급회전한다. 왼쪽으로 치우쳐져 모니터에서 보이지 않게 된 V 새 타워가 다시 화면 중앙으로 되돌아온다.

하지만 아까와는 다르게 검은 벽의 저편 사이로 살짝 보일 뿐.

……그렇다는 건?

"뭐어어어어!? 아이짱, 정면 돌파할 생각이야!?"

가디로이드들의 대부분은, 타워의 모습을 숨기듯 우리들 정면에 쫙 깔려 있다.

"우는 소리 하지마! 네프기어, 옆에 앉아서 파어어 콘트롤을 부탁해! 다른 사람들은…… 나를 믿고 앉아줘!"

멋지다 아이짱!

멋지…… 지만…… 뭐? 정말로? 진짜?

"나쁘지 않아. 일생일대의 무대라고. ……이스투와르 기념학원에 부는 한 줄기 바람에 어울리는 무대야."

아, 진심이다.

아이짱, 진짜 하려고 하는구나.

"가슴이 뜨거워지는데. ……모두들, 방금 전의 네프기어처럼

혀는 깨물지 말라고! 간다아아아!"

　가는구나…… 아아아아아아아!!

　한 치의 거짓도 없이, 세상 끝까지! 울려 퍼지는 나의 비명과 함께 아이짱은 파이널 하드호를 몰고 가디로이드의 구름 속으로 돌진했다.

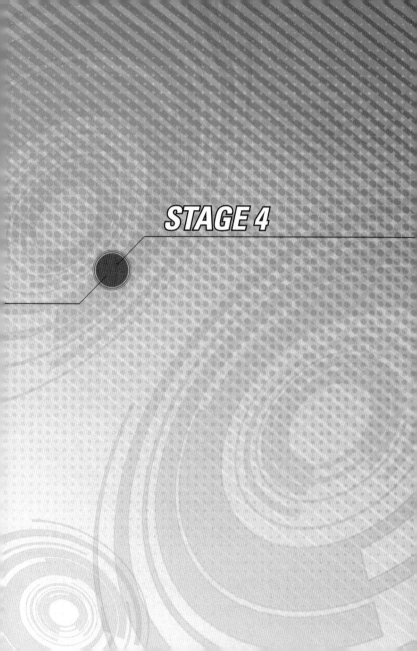

STAGE 4

I

불꽃인가?

아니면 만화경?

아니, 탄막입니다.

아무 상관 없는 곳에서 바라본다면, 환상적이고 아름다운 패턴을 만드는 그것이, 한 방이라도 맞으면 엄청난 데미지나 게임 오버인 고에너지탄, 미사일, 빔 머신건…… 아아, 이래서야 끝이 없어!

그 한 방 한 방이 흔히 말하는 '죽어라' 정도의 살의[18]라고나 할까, 무슨 일이 있어도 우리들을 공중분해 하겠다는 집념을 담아. 하늘 가득 시야 가득 퍼지는 죽음의 기하학 문양!

그 한가운데에 우리들을 태운 파이널 하드호가 있었다.

"우와앙! 아이짱, 어떻게 좀 해줘! 도와줘!"

"가만히 좀 있어!"

"배리어! 배리어는 없는 거야!?"

"그런 기능은 없……다고!"

다고! 에 맞춰 파이널 하드호의 기체가 오른쪽으로 크게 기울어진다. 안전벨트를 하고 탑승석 좌석에 앉아 있어도, 배가 빙글

---

18 슈팅게임의 명가 케이브에서 개발한 도돈파치 시리즈의 명대사.

도는 것만 같은 기분 나쁜 느낌이 덮쳐온다.

그걸 체험하게 되면 웬만한 롤러코스터는 어린애 장난으로 느껴질지도…… 그런 생각을 하고 있으려니, 조종석의 창밖으로 새빨간 광선이 스쳐 지나간다.

"이 녀석들, 맞아라!"

무기의 조작을 맡은 네프기어가, 기체에 장비된 빔을 닥치는 대로 발사한다.

몇십대가 추락했지만 그야말로 임시방편.

이쪽이 한 방 쏘는 사이에, 몇십 배, 몇백 배로 반격해 오는 걸, 장난이 아니라고!

그렇게 말하는 사이에 또 한 방이!

커다란 깡통을 걷어차서 그 안에 가득 담겨있는 캔디가 쏟아지는 것처럼, 가지각색의 탄환이! 빔이!

그래도, 아이짱은 절묘한 실력으로 두 개의 스틱을 조작해, 피한다, 피한다, 피한……다아! 조오오오았어! 좋아!

이 짧은 시간에 아이짱은 완전히 '각성 모드'에 들어간 것 같다.

아마도 지금 아이짱의 눈을 바라보면, 눈동자 속에 무언가가 깨지면서 하이라이트가 사라지는 연출이 들어갔을 거야[19]. 여기서는 확인할 수가 없지만.

———————————
19 ·건담시드

"정말이지! 난 뭐시기 타운의! 체감게임보다! 힘들잖아!"

아이쨩이 말끝마다 '!'를 연발할 때마다 파이널 하드호는 올라갔다, 내려갔다, 커브를 돈다. 공중회전!

그건 그렇고 난 뭐시기 타운은 뭔가요!

"내가! 자란! 부쿠로 시티에! 있는! 테마파크으!"[20]

아! 생각났다! 만두 콜로세움! 유명한 건데!

"그래! 옛날에! 친구였던! 오토메라는 아이랑! 같이! 갔었어!

그렇지! 그러고 보니! 부쿠로시티는! 여성향 게임의! 성지였지![21]

"어머! 잘 알고 계시……꺄아아아악!"

빙글빙글빙글빙글빙글.

타, 탈출했다!

기적의 회피테크닉, 슈퍼 토네이도 스파이럴 메뉴바!(바로 지금 명명했습니다)

사냥감을 붙잡으려 하는 거미줄 같은 탄막을 실로 바늘구멍을 꿰듯이 정확하게 비켜나간 후, 우리들을 재로 만들기 위해서라면 동료 몇백 대쯤은 말려들어도 상관없다며 발사하는 엄청난 두께의 레이저를 나선형으로 급강하해 종이 한 장 차이로 피했다!

---

20 이케부쿠로의 난자 타운. 일본 전국의 만두를 즐길 수 있는 만두 스타디움이 있다. 가족이 즐길 수 있는 체감형 게임이 많은 실내 테마파크
21 도쿄의 이케부쿠로 – 여성향 게임과 동인지의 성지

그대로 엔진 전개! 한순간 구멍이 뚫린 것만 같았던 공간을 파이널 하드호가 뚫고 들어간다.

그곳이, 앞이 보이지 않았던 탄막지옥의 출구였다.

Q : 신은 있다고 생각하시나요? A : 지금 이곳에서 전투기를 조종하고 계십니다.

응, 신이라고 해도 손색이 없었어.

왕년의 게임센터 초딩이나, 게임의 역사에 이름을 남긴 명인들도 깜짝 놀랄만한 굉장한 스틱 놀림, 아이짱은 계속되는 파장 공격을 한 방도 맞지 않고 멋지게 빠져나갔다.

정신을 차려보니 가디로이드의 검은 구름에 가려져 있던 V 새 타워는 눈앞에 있다.

"이, 이 정도라고. 벌도, 초능력자도, 장미 군단도 지금의 나를 멈출 수 없어![22]

대작전에 성공해 흥분한 건지 알 수 없는 이야기를 하면서 아이짱은 드물게도 승리포즈를 취하며 그렇게 말했다. 그때,

'파이널 하드호, 들리시나요?'

위기를 넘기고, 힘이 빠져있던 우리들에게 들려오는 통신기 너머의 소리. 그 목소리는…… 설마, 설마, 잇승?

'이쪽도 힘에 겨워서, 도와줄 수 없었어요. 유도 신호를 보낼 테니, 타워 안으로 착륙해 주세요.'

---

22 케이브의 슈팅게임 돈파치 시리즈 /알파 시스템의 슈팅게임 식신의 성/케이브의 슈팅게임 이바라

역시 잇승이야. 잇승이 우리들의 존재를 알게 됐어! ……그 정도로 난동을 부리면 누구라도 알겠지만.

잇승의 목소리는 긴장감이 감돌고 있다. 우리들은 다시 한 번 태세를 정비했다. 아직은 들떠있을 때가 아니야.

"신호든 신호등이든 아무래도 좋으니까 서둘러 잇승! 기껏 아이짱이 목숨을 걸고 돌파했는데 뒤에서 공격당해서 산산 조각 나는 건 싫어!"

이곳을 돌파하면 오래간만에 잇승과 만난다는 생각에 마음이 벅차올랐지만, 인사는 뒤로 미뤄두자. 온몸이 들떠있는 걸 억누르고 나는 조종석의 통신기를 통해 큰 소리로 외쳤다.

그런 내 목소리에 응답이라도 하듯, 시야 한 가득 솟아 있는 V 새 타워의 한가운데가 열리고, 파이널 하드호를 유도하는 것처럼 빛의 레일이 뻗어 나온다.

'가디로이드들이 돌아오고 있어요. 오랫동안 방어 필드를 열어둘 수 없으니 서두르세요!'

절박한 잇승의 말에.

"알았어!"

아이짱이 손의 땀을 닦고 다시 더블스틱을 잡는다.

"라스트 스퍼트! 꼭 붙잡으라고!"

그와 동시에 빠져나갔다고 생각한 탄막의 폭풍이 뒤에서 우리를 덮쳐온다.

간담이 서늘해진다는 건, 이런 걸 말하는 거겠지. 지금은 그냥 도망가야 할 때야!

꼬리와 날개에 탄막을 2~3방 맞았지만 파이널 하드호는 튼튼했고, 아이짱은 마지막까지 최선을 다했다.

우리는 가디로이드들이 몰려오기 전에 아슬아슬하게 타워 내부에 기체를 착륙시켰다.

"잇승, 닫아, 닫아!"

내가 그렇게 말할 필요도 없이, 바로 방어 필드가 동작한 듯, 부딪혀온 가디로이드들이 몇 대인가 타워 앞에서 폭발하는 소리가 들렸다.

아, 위험했어…….

'수고하셨어요. 기체는 여유가 생기는 대로 이쪽에서 수리할 테니, 먼저 저한테 와주시겠어요? 넵튠 씨, 네프기어 씨, 죄송하지만 다른 분들을 안내해 주세요.'

이것 참, 쉴 틈도 없다는 건가. 바깥이 이래서야 어쩔 수 없겠지만.

"아이짱, 설 수 있어? 괜찮아?"

극한의 긴장상태에서 해방되어 시트에서 미끄러지듯 축 늘어진 아이짱에게 달려가며 그렇게 말했다.

"마지막에 나선형으로 급강하하면서 돌파했을 때는 한순간 지옥문이 보이는 것 같았지만……괜찮아. 하지만 다음에 다시 하라고 하면 절대로 안 해."

"다음은 없어, 이게 처음이자 마지막. 내가 멋지게 악의 보스에게 천벌을 내리면 해피엔딩이니까!"

"……그러면 좋겠네."

아이짱은 싱긋 웃고는 내가 내민 손을 잡는다.

땀으로 젖어 긴장된 아이짱의 손. 모두를 무사히 여기까지 인도한 신의 손을 나는 꼭 잡으며 말했다.

Ⅱ

"아아, 아직도 머리가 핑핑 도네. 유니는 괜찮아?"

"아니 괜찮지 않아."

언제나 지기 싫어하는 느와르와 유니 자매가 축 처져 있는 것만 봐도 좀 전의 강행돌파는 굉장한 거였다고 새삼스레 생각해 본다.

정말로 무사해서 다행이야.

"두 사람 다. 열 내리는 시트를 가져왔어요. 이마에 붙이면 기분이 좋아질 거에요."

그런 느와르, 유니 자매를 비롯해 축 늘어져 있는 모두에게 컴파가 열 내리는 시트를 붙이며 돌아다닌다.

컴파는 의외로 건강하네. 제일 약할 것 같았는데.

"롤러코스터 같았지! 롬짱!"

"……두근거렸어."

롬과 람, 꼬맹이들도 멀쩡하다.

아마 저쪽은 이 상황을 그리 심각하게 생각하지 않았을 것 같지만……… 그래도.

"부탁이야. 지금 가까이에서 소리 지르지 마."

컴파에게서 받은 열 내리는 시트를 이마와 목 뒤에 붙이고 멍하니 있는 블랑보다야 낫지.

"벨도, 아이짱도 여기 있어요."

"고마워요, 컴파. ……아아, 기분 좋다. 뜨거운 차가 있다면 더 좋겠지만 사치스러운 이야기겠죠."

"나는 차가운 게 좋아. 지금 와서 말하기는 뭐하지만 목이 바짝 말랐거든. 레몬 스카시가 있으면 좋겠는데."

아, 마실 거라. 나도 시원한 콜라로 기분전환을 하고 싶어.

"마실 거라면 있을 거야. 기다려."

컴파에게만 모두의 간호를 맡기고 나만 멍하니 있는 것도 아닌 것 같고. 나도 좋은 모습을 보여줘야겠지.

그리고 여기는 나와 네프기어의 집이기도 하고. 요즘 유행하는 '오모테나시(접대)'의 정신으로!

요즘 유행하는 '오모테나시(접대)'의 정신으로!

2020년 도쿄 올림픽 유치를 위한 프레젠테이션에서 탤런트인 타카가와 크리스틴이 이야기한 단어로, 일본의 올림픽 유치 성공에 기여한 단어로 화제가 됨.

아, 맞다. 집이라는 말에 생각났는데 깜박한 게 있네.

우리들은 지금 V 새 타워의 상부층에 있는, 누가 이름 지었는지는 모르겠지만 '스카이 라운지'라고 불리는 곳에 있어.

바닥과 천장 이외에는 전면이 유리창(……사실은 유리가 아닌 다른 물질인 것 같지만). 둥근 방을 한 바퀴 돌면 타워가 있는 부유 대륙의 파노라마를 즐길 수 있는 명소야.

라운지라고 할 정도이고, 원래는 타워에 온 손님을 위한 곳이니까 냉장고나 티 세트가 있는 카운터를 불러낼 수 있는…….

타워의 설비는 대부분 N기어를 통해 조작할 수 있다. 어떻게 하더라? 이걸 이렇게 해서…… 이얍!

내가 N기어를 만지작거리자 방 한가운데의 바닥이 열리고 의자까지 한 세트가 된 원형의 바 카운터가 올라온다.

"오오, 제대로 움직이잖아! 나 대단한데!"

"어머, 근사한 바 카운터네. 주스에 콜라, 차도 있어."

"수, 술은 없다구."

"필요 없어. 미성년자는 술을 마시면 안 되잖아. ……그것보다, 제대로 움직인다니. 넵튠은 자기 집 일인데 자신이 없는 거야?"

"그게 말이지……."

느와르의 말에 내가 뺨을 긁적이는 건 이유가 있다. 이 스카이라운지에서 손님을 맞이한다고 해도, 내가 알고 있는 한 오랜 세월 동안…… 아마도 몇십 년 전부터 손님은 오지 않았거든. 지금 여기에 있는 아이들이 오래간만의 손님.

하지만 예의 바른 잇승은 그런 곳에도 제대로 관리를 했던 것 같아. 역시 대단하다니까.

모두를 의자에 앉히고, 원하는 음료수를 주면서 내가 그렇게 말하자.

"……저기, 네푸네푸. 하나만 물어봐도 될까요?"

녹차를 한 모금 마셔 목을 축인 후에 벨이 물어봤다.

"예전부터 궁금했는데요. 우리들은 천계라고 간단히 말하지만, 여기는 실제로 어떤 곳이죠? 그리고 파이널 하드호에 내려서 여기로 안내를 받을 때까지 누구와도 만나지 않은 게 신경 쓰이네요. 설마 천계에는 네푸네푸와 네프기어짱, 그리고 이스투와르님밖에 없는 건가요?"

"괴, 굉장해. 한 번에 이야기하다니."

"진지하게 물어보는 거니까, 어물쩍 넘어가지 마세요."

아아, 미안해 그럴 생각은 아니었는데.

한 번에 그렇게 물어보면 어떤 것부터 대답해야 할까.

벨의 질문은 모두의 질문이기도 한 듯, 모두의 시선이 나에게 모여있는 걸 느낄 수 있었다.

"으음, 그게 말이지……."

사실은 이런 건 네프기어에게 맡기고 싶지만, 어째서인지 지금 여기에 없고…… 어쩔 수 없네.

긴 이야기가 될 걸 예상하고 내가 말하려던 그때였다.

"그 질문에는 제가 답해 드릴게요."

타이밍 좋게 들려온 잇승의 목소리. 모두의 시선이 그쪽으로 향했다.

바깥의 풍경을 감상할 수 있는 창이 빙 둘러쳐진 가운데 그곳만이 장방형으로 갈라진 것처럼 보이는 출입구에 모습을 나타낸 것은 잇승과, 네프기어?

네프기어와 함께 잇승은 열린 책 위에 살짝 앉아 공중에 떠서 이쪽으로 다가오고 있다.

"다, 당신이 이스투와르님…… 인가요?"

"저, 정말이지?"

처음으로 가까이에서 보는 잇승의 모습에 느와르와 아이짱이 침을 삼키는 걸 알 수있었다.

잇승은 지상에서는 위대한 신처럼 존경받고 있었나? 아타타리신처럼?

그러고 보니, 기억상실증에 걸린 채 학원에 입학했을 때, 학과의 이념을 억지로 암기한 적이 있었는데 그런 내용이 써 있던 것 같아.

하지만 잇승은 잇승, 신이 아니라는 건 나도 네프기어도 잘 알고 있다.

"그렇게 굳어있지 말고."

긴장한 느와르와 아이짱의 어깨를 주무르며 나는 말했다.

"그렇게 저를 꺼리지 마세요. 전에도 말했지만 저는 그렇게 위대한 존재가 아니에요. 이 Ｖ 새 타워의 중심인 지상의 기후관리 시스템의 자율형 단말……간단히 말하자면 의지가 있고 대화를 나눌 수 있는 인공지능이니까요."

모두의 긴장을 풀어주려는 듯이 생긋 웃으며 말한다.

"아아……."

"그건 그것대로 굉장한데……."

이해했는지 아닌지 아이짱과 느와르가 모호한 표정을 지으며 고개를 끄덕인다.

그렇게 됐으니, 이건 넘어가고.

"네프기어도 잇슷이랑 같이 있었구나. 어디 가버렸나 생각했어."

나는 네프기어에게 이야기했다. 그러자 네프기어는,

"어디로 갔냐니……. 언니도 참, 제일 중요한 걸 잊어버렸잖아."

질렸다는듯 웃으며 그렇게 말한다.

"중요한 것?"

"퍼플하트의 검. 재기동 열쇠 말이야. 파이널 하드호에 놔뒀잖아. 내가 혼자서 가지러 가서 잇승에게 넘겨줬어."

아아, 그렇지. 완전히 잊고 있었네. 미안해, 미안해.

역시 네프기어는 잘 챙겨준단 말이지.

"넵튠도 여전하네요. 지상에서 고생을 하면 조금은 변할 거라고 생각했는데요."

"잇승이 그렇게 말해 봤자. 고생하지도 않았어. 컴파가 나를 주워준 뒤에는 즐거운 학교생활을 만끽했고, 다름 아닌 나잖아? 그렇게 간단히 변하지 않아."

"가슴을 펴고 말할만한 건 아닌데요. ……죄송합니다 여러분들. 이야기가 딴 데로 새버렸네요."

헛기침을 하고는 잇승은 계속 말한다.

"벨, 이었죠. 방금 전에 질문하셨는데 천계는 딱히 저와 넵튠 씨, 네프기어 씨 세 명만 사는 곳은 아니에요."

"그럼 다른 사람들은 어디에 있나요?"

"이 타워가 세워져 있는 부유 대륙이 있는 곳 외에 다른 부유 대륙에서 지상의 사람들처럼 생활하고 있어요."

"그 사람들은 지금, 지상과 교류를 하고 있나요?"

아이짱이 그렇게 질문하고는 주머니 속에서 카드 한 장을 꺼내 잇승에게 내밀었다.

"이건 우리들이 탔던 파이널 하드호의 취급설명서에요. 마제콘느 선생이 준 거죠. 여기를 보세요. 설명서 마지막에 매뉴얼 작성자로 이스투와르… 당신의 이름이 써 있어요."

뭐!? 어떻게 된 거지?

갑작스러운 아이짱의 폭탄발언에 주변이 웅성거리기 시작했다.

잇승은 모두가 잠잠해지기를 기다린 후, 조용히 고개를 끄덕이며 말했다.

"맞아요. 파이널 하드호는 원래 제가 만든 거에요. 옛날 지상에 대량의 몬스터가 발생해서 힘들었을 때, 당시의 여신의 의뢰를 받아 만들었어요."

잇승이 만들었다고!?

잠깐만, 잠깐만 기다려 아이짱!

파이널 버드호는 학원의 기밀 비행기 아니었어? 마제콘느 선생이 우리를 위해 준비한 걸 잇승이 만들었다고?

"마제콘느 선생이 말했어요. '언젠가 때가 되면 다시 만나자.'고"

"어머, 마제콘느 씨 답네요."

"그렇다는 건 역시 아는 사이라는 거로군요. 마제콘느 선생도 네프코나 네프기어처럼 사실은 천계인…… 그렇지않나요? 이스투와르님."

모든 걸 조사해 파악한다. 완전히 에이전트과의 얼굴로 아이짱이 잇승을 다그친다.

"그런 거야? 잇승."

"맞아요."

아, 그래. 그렇구나~. ……라고 간단히 끝내버릴 게 아니잖아! 뭐야 이 전개는!

"순서대로 설명할게요. 모두들 보신 것처럼, 이 천계는 그렇게 넓지 않아요. 편의상 '고대문명'이라고 할까요? 먼 옛날, 이 천계에 생긴 고대문명이 발전함에 따라 사람들이 살아갈 곳이 부족하게 됐어요."

잇승은 말을 멈추고, 모두의 얼굴을 둘러본다.

"거기서 눈을 돌린 게, 지상 세계였어요. 고대문명의 사람들은 좁아진 천계를 버리고 지상으로 이주하기로 했죠. 거기에는 한가지 문제가 있었어요. 그 당시의 지상은 황폐하고 거친 환경으로 사람이 살기에 적합하지 않았어요."

거기까지 이야기를 듣고 느와르는 고개를 들었다.

"……그래서 지상의 기후관리 시스템을 만든 거야?"

"맞아요. 고대문명의 사람들은 그 뛰어난 기술로 황폐한 지상 세계를 사람들이 생활할 수 있도록 개조하고, 그 유지관리를 위해 두 개의 시스템 V 새 타워와 Hi 새 타워를 건조했어요. 고대문명이 멸망한 뒤에도 살아남은 사람들이 다시 새로운 문명을 만들고, 그리고 다시 멸망하고…… 그런 역사를 거쳐 지금의 지상 세계가 있는 거에요."

"그, 그럼…… 우리들은 천계에 살고 있었던 사람들의 자손인 거야? 나도 네프기어도 거슬러 올라가면 선조는 똑같다는 거야?"

"그, 그렇구나……."

유니짱과 네프기어가 믿을 수 없다는 듯이 얼굴을 마주 본다.

나도 몰랐던 사실이니까 분명 네프기어도 처음 듣는 거겠지.

"다시 긴 세월이 흘러, 천계의 사람들은 대부분 지상으로 이주해 여러분들이 아는 것처럼 지상 문명의 기반을 다졌지만, 극소수의 천계에 남아있던 사람들이 있었어요. 그게 지금의 천계인의 선조예요."

"내가 데이터를 모으러 섬에 가기 전에, 마제콘느 선생과 잇승이 대화를 나눴을 때 '오래간만이에요.'라고 잇승이 말했던 건, 마제콘느 선생도 원래는 천계에 있던 사람이라 그런 거였구나."

네프기어가 손뼉을 치며 그렇게 말하고는 고개를 갸웃했다.

"……하지만 어째서 마제콘느 선생이 지상에서 학원장을 하고 있었던 거지?"

그래, 그건 나도 궁금했어. 그리고 모두가 궁금해하는 것.

"넵튠과 네프기어가 태어나기 전에, 마제콘느 씨와 나는 파트너로서 함께 지상의 유지관리를 해왔지만, 그 당시부터 마제콘느 씨는 천계와 지상의 미래를 걱정했어요. 천계에서는 지금, 저와 함께 시스템에 접속하거나 때로는 지상에서 발생한 위기를 실력으로 해결할 수 있는 능력…… 여러분들이 여신화라고 하는 힘을 가지고 태어나는 아이들이 격감하고 있어요. 이대로면 천계에서 여신화할 수 있는 사람이 없어질 거라고 걱정한 마제콘느 씨는, 지상에 이주한 사람들의 후손에게 미래를 맡기기로 했어요."

"그게, 바로……."

잇승의 말을 받아, 블랑이 먼저 자신을, 그리고 느와르, 벨, 유니, 롬, 람 순으로 가리키며 고개를 끄덕였다.

"그렇구나, 여신후보 양성학과…… 라."

"그래요. 분명히 많은 어려움 끝에 학원을 만들었겠죠. 그 사이에 기적적으로 천계에는 넵튠과 네프기어라는 힘을 가진 아이가 태어났지만, 마제콘느 씨는 교육자로서의 길을 걷고, 미래에 투자하기로 했어요. 훌륭한 판단이라고 저는 생각해요.

말을 너무 많이 해 힘들었는지, 한숨을 쉰 후에 잇승은 모두를 향해 미소를 지었다.

"여신후보 양성과는, 차세대의 세계의 수호자를 양성하는, 본 학원의 제일 중요한 책무를 짊어진 특별한 학과이다…… 정말로 있는 그대로의 의미잖아.

전에 내가 그렇게나 노력해 가면서 외운 내용을 느와르가 간단히 이야기하며 고개를 끄덕인다.

"세계의 질서를 지키는 힘. 세계를 발전시키는 지혜, 생명을 동등하게 사랑하는 마음, 자질들을 겸비한 자에게 대신 이르투와르는 성스러운 축복을 내린다…… 였죠.

벨까지. 어라? 설마 모두들 기억하고 있는 거야?

"자신들이 한때 천계에 살았다는 건 잊어버려도, 신화로서 이스투와르님의 이름은 남아있다. 마제콘느 선생은 그걸 이용한 거로구나."

그렇게 말하고는 느와르가 무언가 마음에 걸리는 게 있다는 듯이 잇승을 바라본다.

"……저기, 소박한 질문인데요…… 이스투와르님은 몇 살인가요? 이렇게 물어보는 건 실례일지도 모르지만, 최초의 고대문명이 이스투와르님을 만들었다는…… 거죠?"

아, 그러네.

그러고 보니 그러네. 나에게 있어서는 잇승은 태어날 때부터 잇승이었고, 전혀 신경 쓰지 않았지만……. 잇승의 말이 사실이라면, 설마 잇승은 할머니?"

잇승이 뭐라고 대답할지 흥미진진하게 기다리고 있으려니.

"……글쎄요. 긴 시간을 보내서 잊어버렸어요."

설마 했던 건망증. 우리가 어이없어하니,

"이 스카이라운지를 만든 게 마제콘느 씨 전의 파트너였으니까 50년 전이었고…… 내가 마지막으로 자체 버전업을 한 게 3000년 전이었으니까…… 그전에는 뭘 했더라?"

우리들과는 다른 스케일로 회상을 시작하는 잇승.

50년과 3000년이라니 시간의 단위가 다르잖아?

"조금만 기다려 주세요. 3일 정도 시간을 주신다면 과거의 기록을 모두 검색해 정확한 답을……."

"괜찮아요! 괜찮아요! 이상한 걸 물어봐서 죄송해요."

"그런가요? 그렇다면 상관없지만……. 그러고 보니 이야기가 길어졌네요. 롬과 람에게는 재미없는 이야기였던 것 같고.

잘못하면 엄청난 스케일이 될 것 같다고 생각한 듯, 느와르가 당황해 잇승을 말린다.

어째서인지 조금은 아쉬운 듯한 표정의 잇승이, 기분전환을 하려는 듯 롬과 람을 바라본다. 흥분이 가라앉자, 피곤해진 듯

긴 이야기를 나누는 사이에 둘 다 꾸벅꾸벅 졸고 있다.

"사과의 뜻으로 오늘 식사는 둘이 좋아하는 걸 준비해야겠네요."

잇승이 다정한 표정으로 그 말을 했을 때였다.

갑자기, 그래 정말로 갑자기, 그 목소리가 들려온 것은.

"아 까 의 대 답, 알 려 줄 까? 나 와 이 스 투 와 르 가 만 들 어 진 건, 6만5천5백3십5년 전이야."

Ⅲ

누 누구야!? 눈만 보이고 실루엣만 나오는 범인인가!?[23]

사람을 바보 취급하는 듯한 말투에 짜증을 느끼며, 나는 목소리의 주인공을 찾다.

넓고 전망이 좋은 스카이라운지에는 모습을 감출 만한 곳은 없다.

설마 하는 생각에 카운터 아래까지 뒤져봤지만 인기척은 없다. 슬슬 기분 나쁜 예감이 들 때.

"너희들 바보네. 그런 데 있을 리가 없잖아."

이번에는 대놓고 사람을 바보 취급하는 말투로 말을 걸어온

---

23 명탐정 코난

다. 짜, 짜증 나!

"어디에 있는 거야!? 모습을 보여라!"

"그 을 쎄. 인사는 해둘까. 그럴 생각이었고."

이번에는 건방진 말투로 수수께끼의 존재 X가 말한 것과 거의 동시에.

"이건? ……까야!"

잇승의 짧은 비명이 들렸다.

무슨 일인가 싶어 잇승을 바라보니, 가슴을 부여잡고 괴로워하고 있다!

잇승!"

"……설마, V 새 타운의 시스템에 침입한 건가요?"

치, 침입? 침입이라니 현관에서 인사를 하고 들어온 건 아니겠지.

갑작스럽게 일어난 일에 우리들이 당황해 하는 사이에도, 잇승은 괴롭다는 듯이 몸을 움츠린다. 잇승의 주변에 떠 있는 반투명한 윈도우가. 떠오르고는 사라지는 현상이 반복된다.

그 윈도우는, 잇승이 일을 할 때 필요한 정보를 불러 터치로 조작해 사용하는 건데…… 이건 보통 일이 아니야.

인터넷 검색을 하다가 나도 모르게 '이 귀여운 고양이 사진을 안 누르고 배길 수 있을까?'라는 글에 낚여서 링크에 있는 악성 코드에 감염된 것 같달까?

"침입이라니, 어떻게 된 거야!? 설마 해킹!?"

"맞았어~~! 실례할게!"

그 악성 코드 상태로 떠 있던 윈도우가 잇승에게서 떨어져 하나로 뭉친다. 쓰고 남은 메모장을 작게 하나로 뭉친 것 같다. 그리고 하나로 뭉친 걸 다시 한 번 손 안에서 펴니, 거기에서 비둘기가! ……그런 마술 같은 광경이 우리들 눈앞에 나타났다.

하지만 거기서 나온 건 비둘기가 아니라,

"겨우 들어왔네. 역시 이스투와르의 방어는 단단하다니까."

여, 여자아이? ……아니 남자아이? 어느 쪽이야?

척 보기에는 어느 쪽인지 알 수 없는 아이가……. 하지만 어딘지 모르게 잇승과 닮은 것 같은 느낌이 든다.

"이, 잇승이 한 명 더!?"

여, 역시 네프기어도 그렇게 생각해? 닮았지, 그렇지?

제일 닮은 건 잇승과 똑같이 열린 책 위에 앉아 있다는 것.

아니, 잘 보면 머리카락도 잇승과 다르게 짧고 부스스하고, 옷도 잇승은 연한 보라색인데 수수께끼의 아이는 검은색에 가깝고, 다른 부분은 많지만 ……하지만 분위기가 비슷하다고나 할까.

친척 같네. 아니면 자매? 형제? 많이 닮았어.

"……너 누구야? 이름은? (두근두근)"

검은 분위기를 가진, 잇승과 닮은 수수께끼 아이의 등장에 잠을 깼는지, 롬이 블랑의 등에 반쯤 몸을 숨기며 물어본다.

"나 ……아, 이름. 이름이라."

의아한 얼굴로 자신의 얼굴을 가리킨다.

"이, 이름이 없나요?"

그걸 본 컴파가 내 뒤에 숨어 어물거리자.

이름이 없으면 부르기 어려운데. 언제까지나 '수수께끼의 아이'라고 부를 수도 없고.

"없으면 적당하게 부르자. 음, 이스투와르님이 흑화한 것 같으니까 '쿠로와르'! 어때?"

순진한 목소리로 그렇게 말한 건, 람이었다.

이, 이렇게 긴박감이 넘쳐 흐르는 상황에서 그런 말을 할 수 있는 게. 아이의 장점인가. 저건 나도 배워야겠네.

아, 아니지 아니지. 그런 건 지금은 아무래도……. 머릿속에서 나홀로 딴죽을 걸고 있자니.

"아하하. 그거 좋은데. 응, 결정했어. 나는 크로와르. 잘 부탁해."

수수께끼의 아이는 람이 제안한 이름을 받아들여 자신을 소개했다. 그래도 괜찮은 거야!?

"크로와르, 크로와르…… 응. 마음에 들어."

……괜찮구나.

본인(?)이 좋다고 하니 어쩔 수 없지. 앞으로는 크로와르라고 부르도록 할게. 그럼 이름도 정했으니 다시,

"크로와르! 네놈의 정체는 뭐냐!"

수수께끼의 아이, 그러니까 크로와르를 향해 삿대질하며 나

는 근본적인 질문을 했다.

"계속 보고 있었지만, 너희들은 정말 바보라니까. 이스투와르가 관리하고 있는 시스템에 해킹을 해서 침입한 거라면 대충 알수 있잖아."

짜증 난다! 또 바보 취급이야!

으음, 솔직히 나도 내 머리가 좋지 않다는 자각은 있다고. 있지만, 처음 보는 상대가 그렇게 실실 웃으면 말하는데 내가 가만있을까 보냐!"

붙잡아서 혼내줄 거야!

나는 양손을 벌리고 크로와르에게 달려들었다. 하지만 내 팔은 크로와르의 몸을 통과해 그 기세로 나는 바닥에 꽈당.

"아하하하하! 너무 정석이잖아? 너희들이랑 놀고 있으면 질리지 않는다니까."

뭐, 뭐라고!

"소용없어 넵튠. 이건 입체영상이야."

새빨간 코의 루돌프 사슴 씨가 된 나에게 블랑이 말했다.

"오오? 이쪽의 하얀 아이는 머리가 좋은 것 같은데. 그러고 보니 꽃을 꽃가루와 함께 얼려버린 게 너였지? 굉장한데."

나를 바보 취급하는 건 일단 중지하고, 크로와르가 이번에는 블랑을 빤히 바라본다.

"어떻게 그걸 아는 거야?"

크로와르의 눈을 바라보며 블랑이 말했다.

"뭐야, 너도 바보야? 계속 보고 있었으니 당연하잖아. 예언을 믿은 무녀에게 제물이 돼도 재미있었을 것 같지만."

코를 쓱 문지르며 득의양양하게 대답하는 크로와르의 모습에 주변의 공기가 얼어붙었다.

예, 예언!? 지금 예언이라고 했어?

정글에서 고생했을 때의 기억, 마을 사람들과 아타타리 드래곤이 꽃가루 알레르기로 괴로워하는 광경이 떠올라, 나는 크로와르를 노려봤다.

"네, 네가 꽃가루를 뿌렸구나! 왜 그런 짓을 한 거야!"

"지상의 환경을 바꾸는 게 재미있으니까. 정말로 재미있다니까. 오징어의 거주지에 장난을 치거나, 화산을 살짝 폭발하게 하는 것만으로 모두들 난리가 아니었잖아!"

재미있다며 몇 번이고 이야기하는 크로와르.

그런 크로와르의 모습에 가만있지 못하고 나선 건 네프기어와 유니짱이었다.

"오징어 씨를 난폭하게 한 것도 당신이었나요!?"

"우리들의 섬을 엉망으로 만들었는걸! 용서 못 해!"

네프기어와 유니짱이 화내는 것도 이해는 된다.

섬이 용암에 삼켜졌을지도 몰라. 섬의 사람들을 전부 피난을 가야 할 상황까지 몰아넣었으면서도 그 이유가.

"용암이 터지는 건 예쁘니까. 오랜 시간 동안 이런 재미있는 걸 이스투와르 혼자 독차지해왔잖아? 너무하지 않아? 불공평하지 않아? 내가 해도 되잖아?"

이런 이유라니.

그 말에는 잇승도 화가 난 듯,

"무슨 소린가요! 지상의 환경은 재미로 바꿔도 되는 게 아니라고요!"

내가 일을 땡땡이쳤을 때보다 50%는 더 무서운 얼굴과 목소리로 크로와르를 꾸짖는다. 좋았어 잇승! 좀 더 혼내라고!

하지만 크로와르는 그런 잇승의 호통에도 눈 하나 깜짝하지 않는다. 거기다가.

"시끄러워. 설교는 질색이야. 나는 너희들이 즐겁게 놀고 있는 동안 계속 심심했어. 옆 세계의 바보들이 침입한 덕분에 오래간만에 내가 나오게 됐어. 이제부터는 나의 턴이라고![24] 재미있어 보이는 건 전부 해볼 거야! ……이렇게!"

자기 좋을 대로 그렇게 이야기를 한 뒤에는 잇승이 사용하는 제어 윈도우를 자신의 주변에 불러내서 만지작거린다.

"그, 그만!"

"싫어!"

잇승의 제지하는 소리와 크로와르의 즐거워 보이는 목소리가 들려온 직후, 우리들이 있는 스카이라운지를 포함한 타워 전체에 경보가 울려 퍼졌다.

---

24 카드배틀 만화 유희왕의 단골 대사

"잇슝! 무슨 일이야!?"

"……V 새 타워 주변을 지키는 방어 필드가 무력화됐어요."

"하하하! 대성공! 이스투와르가 이 바보들을 타워에 들여보낼 때에는 방어 필드를 풀겠지? 그때가 이렇게 숨어들 찬스라고 생각해 기다리고 있었어. 나 머리 좋지? 저기 있는 바보들과는 다르게!"

크으! 바보라고 할 때마다 내 얼굴을 바라보지 말라고! 원래 바보바보 말하는 쪽이 진짜 바보라야.

"자자잠깐 넵튠! 지금은 그럴 일로 화낼 때가 아니라고! ……완전히 당했어. 파이널 하드호를 대량의 가디로이드들로 공격하게 한 것부터 됬…… 양동작전이었다고."

"오오, 너도 하얀 아이처럼 조금은 똑똑하네. 드래곤의 콧김에 날아가는 멍청이인 줄 알았는데. 하지만 지금에 와서야 눈치챈 걸로 봐서는 한참 부족하네. ……이걸로 내 인사는 끝! 그럼 이만!"

"기, 기다려 내 말이 아직……."

"끝이야, 끝. 끝이라고. 검은 아이도 하얀 아이도 바보도, 너희들은 가디로이드들이랑 사이 좋게 놀고 있으라고. 그 사이에 나는…… 그렇지 커다란 신대륙을 만들어 볼까. 지금 있는 대륙은 부숴 버리고!"

재미있다는 듯, 그래 정말로 즐거워 죽겠다는 표정을 지으며 크로와르는 사라졌다. 처음 나왔을 때처럼 갑자기.

남은 우리들이 멍하니 그걸 바라보고 있으려니.

"여, 여러분들! 밖이에요! 밖을 봐 주세요!"

이번에는 컴파의 날카로운 비명이 들려온다.

밖을 보라…… 고. 이젠 기분 나쁜 예감밖에 들지 않으니 되도록 보고 싶지 않지만 그럴 수도 없겠지.

크로와르에게 바보라고 놀림을 당한 나지만 컴파가 왜 비명을 질렀는지는 쉽게 상상이 된다.

싫다고. 이런 공기는 뭔가 있다니까. 무섭다고 생각하며 가만히, 가능한 한 가만히 바깥을 바라봤는데요, 역시 있습니다! 창밖에 검은 구름 같은 게 한가득 넓게 펼쳐져 제 시야를 막고 있었어요! 그리고 저는 등에 오한이 느껴져 저도 모르게 소리를 질렀습니다.

"잇승! 배리어! 다시 배리어를 쳐!"

나도 모르는 사이에 테레비에서 봤던 괴담을 이야기하는 아저씨 같은 말투로 잇승에게 몰려오는 가디로이드의 대군에 대해 설명해 버렸다. 같은 광경을 잇승도 보고 있을 텐데 말이야.

"……불가능해요. 방어 시스템 부분이 블록 당해서 이쪽에서는 접속할 수 없어요."

잇승은 분하다는 듯이 고개를 저었다. 그, 그러면 위험한 거 아니야?

"단기간에 데미지를 줄 수 있는 걸 조사해 사이버 공격을 해 오다니 건방지긴 하지만 크로와르도 제법인데."

벨, 차분하게 분석하고 있을 때가 아니야!

양동작전이던 덫이건 그 탄막지옥에서 죽을 뻔한 건 사실이 잖아? 그런 게 지금 다시 공격해 오고 있다고? 타워를 움직일 수는 없다고? 피할 수도 없고?

"어떻게 하면 되지!?"

"이럴 때일수록 침착하게 대응해야 해요. 온다면 공격해 주겠 다. 이것밖에 없죠."

아직 변신을 하지 않았는데도. 변신을 했을 때의 날카로운 눈 빛으로 벨이 말했다.

"우리들이 타워를 방어하는 동안 이스투와르님이 뭔가 대책 을 세우는 게 좋지 않을까요?"

확실히…… 그렇…… 겠네. 정말로? 괜찮을까? 틀린 건 아니 겠지?

"어떻게 할까 잇승?"

"이렇게 하죠. 적은 폭주한 시스템의 중핵…… Hi 새 타워에 서 전력을 보강해 올 거예요. 여신화가 가능한 분들은 이쪽의 준비가 끝날 때까지 V 새 타워를 방어해 주세요."

벨의 제안을 채용한다는 거로구나. 나도 힘내야지.

"……넵튠 씨는 남아 계세요."

오래간만에 힘낸다고 했는데, 그런 거야?

"왜? 전력은 많을수록 좋지 않아?"

"방어 시스템을 복구한 뒤 다시 시작한다……그런 한가한 이야기를 할 때가 아니에요. 가능한 한 빨리, 넵튠 씨가 가지고 온 재기동 열쇠의 최종조정을 하고 한 번에 사태를 해결하죠."

잇승이 내 말을 가로막으며 지금까지 본 적이 없을 정도로 긴장된 표정으로 말했다.

IV

'준비는 다 됐나요? 넵튠 씨? 한동안은 검에 의식을 집중해 주세요.'

"아, 알았어. 그렇고 한 가지만 물어봐도 될까?"

나는 지금 V 새 타워의 최상층. 퍼플하트의 검이 꽂혀있는 받침대 위에 서 있다.

내 귀에 들려오는 건 다른 곳에서 아이짱을 조수삼아 검의 최종조정을 하고 있는 잇승의 목소리.

'왜 그러세요? 지금 리소스를 나눌 여유는 없으니까 쓸데없는 이야기는 하지 말아 주세요.'

"바깥의 모습을 보고 싶어. 아, 가능하면 음성도 같이."

'그 정도라면……. 역시 모두가 신경 쓰이는 건가요?'

스카이라운지에 비하면 굉장히 좁은 공간을 나는 둘러봤다. 검이 꽂혀있는 받침대 외에는 옅은 회색의 벽이 있을 뿐. 좁은데 다가 어둡기까지 하다.

"그것도 그렇지만, 진행을 하는 내가 여기서 움직일 수 없으면 실황을 할 수가 없잖아."

'실황? 무슨 소리인가요?'

"신경 쓰지 말고, 잇승을 방해하는 것도 아니니까 빨리 해 줘."

'후우…… 그럼 영상과 음성을 보내 드릴까요?'

모두와 함께 밖에 나가 있는 네프기어에게 진행을 맡겨도 되겠지만. 상황이 상황이니 어쩔 수 없지.

이제부터 목숨을 건 작전을 하는데 쓸데없는 일에 신경을 쓰게 하면 안 되겠지? 나는 한동안 여기에 있어야 하니 내가 하는 게 효율적일 것 같기도 하고.

……왔다왔어.

카메라 1 OK! 카메라 2, 카메라 3도 됐고. 받침대 저편 공중에 커다란 스크린이 떠올라 바깥의 상황을 라이브로 방영해 주고 있다.

지금 비치고 있는 건…… 오오 멋지게 변신한 벨의 옆모습이네. 응? 어떤 카메라로 어떻게 찍었냐고? 그건 잇승에게 물어봐.

'그럼 시작합니다. 넵튠 씨, 검을 쥐어 주세요.'

"응."

잇승의 지시로 나는 받침대에 꽂혀 있는 검의 손잡이를 양손으로 쥐었다.

최종조정이 뭐냐 하면 모두가 모은 데이터와 나 자신의 생체 정보를 하나로 연동시키는…… 것 같아.

그렇게 하면 어떻게 되냐고? 간단하게 말하자면 나 이외의 누구도 검을 사용하지 못하게 돼. ……다시 말해 나에게 '폭주하는 시스템을 리셋하는 권리를 준다'는 거지.

리셋을 할 수 있는 권리를 여러 사람에게 주게 되면 수습할 수 없는 사태가 벌어진다고 사전에 잇승이 설명했지만, 그런 세세한 것까지는 기억 못 하겠어.

중요한 건 단 하나.

마지막에 모두의 시선을 독차지하는 건 절대부동 영원불변의 주인공인 바로 나! 라는 것. 이거야말로 주인공 보정, 특권이라고 말해도 되겠지!

보고만 있으라고. 옆의 세계에 있는 또 다른 내가 차원을 넘어서 나에게 준 거니까. 멋지게 끝내겠어.

그걸 위해서라도 벨을 비롯한 조역들이 열심히 해줘야겠지!

"잇승, 이쪽의 목소리는 모두들에게 들리는 거야?"

'물론이죠.'

그럼 됐어.

어흠, 헛기침을 하고 나는 검을 손에 쥔 채 벨에게 말을 걸었다.

"벨, 들려? 조정이 끝날 때까지 30분 정도 걸린다고 해. 내가 근사하게 등장할 때까지 타워를 지켜줘."

'30분? 어머, 저에게 그 정도의 시간을 준다면 네푸네푸가 곧

란할 텐데요?'

뭐, 뭐라고?

내 목소리를 들은 벨이 스크린 너머로 자신만만한 미소를 짓는다.

'아까 아이짱이 강행돌파를 했을 때 가디로이드들의 공격패턴을 분석했거든요. 패턴을 알 수 있으면 슈팅게임은 이미 공략한 거나 마찬가지라고요.'

그, 그건 굉장한데. 하지만 그러면 왜 내가 곤란해지는데?

'방해하는 건 아무도 없는 Hi 새 타워에 네푸네푸 혼자 쓸쓸하게 들어가서 검만 꽂고 나오는…… 그런 클라이막스라면 심심할 것 같은데 괜찮으세요?'

그런 뜻이었구나. 벨도 제법인데.

하지만 그런 벨이라서 믿을 수 있는 거니까, 벨의 실력을 한번 구경해 볼까.

'네푸네푸가 가는 길을 가디로이드들의 잔해로 장식해 놓겠어요'

오오, 믿음직스럽다.

'그럼 시작하죠! 여러분들, 저를 따라 주세요!'

'왜 벨 혼자 잘난 척 하는 거야! 어이 롬! 람! 우리들도 가자! 따라와!'

'알았어 언니! 우리의 멋진 모습도 놓치지 말라고!'

'…힘내자!'

'유니짱! 우리들도! 모두 힘을 합쳐 타워를…… 아니, 세계를 지키자!'

'응, 예전의 우리들이 아니라는 걸 보여주자!'

벨에 이어 변신한 브랑, 롬, 람팀과 네프기어&유니 콤비가 밀어닥쳐오는 가디로이드들에게 돌격한다.

그 스피드에 지지 않고 뒤쫓아가는 카메라…… 어떤 원리인지는 모르겠지만 힘내라 카메라!

……어라? 잠깐만 기다려 봐. 한 명이 없지 않아? 이럴 때에는 누구보다 먼저 그것도 즐겁게 뛰어들어가는 아이가 보이지 않는데, 어떻게 된 거지?

있어야 할 사람이 보이지 않으니 걱정되는데…….

'넵튠 씨, 뇌파가 흐트러지고 있어요. 검에 의식을 집중해 주세요.'

응, 내가 해야 할 일이 있었지. ……뭔가 생각하는 게 있을 거라고 믿어보자.

그것보다 의식을 집중. 집중. 흠! 하앗! 이얍! 이렇게 하면 되려나?

검을 손에 쥐고 의식을 집중하고 있으려니 스크린 하나가 바깥의 라이브 영상에서 조정의 진행 상황을 알려주는 화면으로 변경됐다. 이제 다 된 것 같다.

'DLC 조정 개시합니다. 현재 진행속도 10%'

화면 속에서는 8비트 게임을 생각하게 하는 도트로 그려진 잇승이 양손에 든 고기와 야채 아이콘을 커다란 냄비에 넣는 애니메이션이 전개되고 있다.

냄비가 끓어오르는 모습이나 요리의 완성도가 조정의 진행 상황을 나타내는 것 같다. 그건 상관없지만…… 뭐지, 쓸데없이 귀엽고 박진감이라고는 전혀 없는 이 인터페이스는.

게임 소프트를 다운로드 구매한 것도 아니니 뭔가 더 있겠지라고 마음속으로 딴죽을 걸어 본다. 그러고 보니 전투기의 인테리어 센스도 잇승의 솜씨였지.

'제 앞을 막아선 것, 그게 당신의 실수예요!'

옆쪽의 스크린에서는 귀여운 진행확인 애니메이션과는 정반대로 격렬한 전투가 시작되고 있다. 이것도 보고, 저것도 보고, 의외로 바쁘네.

그 차이가 굉장해서 분위기를 바꾸는 게 힘들지만, 이쪽도 제대로 실황중계를 해야겠지! 전투를 보고 먼저 내 머릿속에 떠오른 건

'벨! 압도적이다!'

'벨의 독무대!'

라는 문구였다.

말이 필요 없을 정도의 활약에 실황중계로 잊어버리고 입을 벌리고 바라보고 있을 정도로.

블랑 세자매도 활약하고 있고 네프기어&유니콤비도 전력으로 싸우고 있다고? 하지만 오늘은 벨의 독무대였다. 마치 사람

이 달라진 것처럼, 굉장했어.

패턴을 분석했다고 자신 있게 말했지만 그렇다고 해서 보통 저렇게까지 되나?

일단은 움직이지 않는다. 정확하게 말하자면 쓸모없는 움직임이 전혀 없어.

아이짱이 공중돌기다 뭐다 화려한 회피 테크닉을 선보인 것과는 달리 벨의 회피는 언뜻 보면 수수하다. 밀려오는 탄막을 아슬아슬하게 버티다가 이건 확실히 맞을 것 같아! 라는 것들을 게임으로 말하자면 도트 단위의 세밀함으로 피한다.

공격도 흔히 '강약이 있다'고 하지? 그거야. 그거.

한 대씩, 굉장한 속력으로 공격해오는 기체는 아낌없는 필살기로 순살. 몇 대인가의 기체가 편대를 지어 다가오면 선두의 한 대에 공격을 집중해 나머지는 선두의 폭발에 휘말려 들게 하고, 그 순간 벨은 이동해 다른 녀석을 상대하고 있는 거야. 하나하나 확인도 하지 않고!

더욱더 굉장한 건 5~60대와 무기를 합체한 거물을 상대했을 때의 난투극. 이것도 한 방에 공격할 거라고 생각했는데, 그게 아니다.

본체에는 손을 대지 않고, 무기만을 한 개씩 노려 착실히 파괴해 간다. 왜 이렇게 귀찮은 짓을 하는 거지? 벨의 필살기가 얼마나 강력한지 알고 있는 만큼, 한 방에 해치우면 될 텐데.

……그렇게 생각했던 시기가 저에게도 있었습니다.[25]

하지만 벨은 나보다도 한 치 앞을 보고 있던 거야.

조금 떨어진 곳에서 네프기어와 블랑이 각각 싸우고 있지만 적들은 수가 많잖아? 다 쓰러뜨리지 못한 녀석들도 계속해서 기어 나오고 다른 곳에서 쏜 미사일도 날아온다.

벨은 그런 것들이 어느 정도 '잦아드는' 걸 기다렸던 것 같다.

다른 모두의 공격을 빠져나온 잔챙이들이 다시 한 덩어리가 되어 타워를 향한 그 순간.

'때가 된 것 같네요'

씨익 웃고는 그때까지의 약한 공격을 한순간에 바꿔 거물의 본체에 맹렬히 달려든 뒤 마지막에 날려버린다!

그 앞에는 잔챙이의 대군. 거기에 잔챙이들이 휘말려 대·폭·발.

'어이, 이래서야 우리들이 나갈 틈이 없잖아. 벨 녀석, 완전히 게이머 뇌에 스위치가 들어갔는데.'

좋은 부분을 모두 빼앗겨버려 블랑이 '이래서야 못 해먹겠네' 라고 투덜거린 순간.

나는 알게 되었다.

그렇구나. 어딘가에서 본 적이 있는 것 같더니, 이건 흔히 스코어러라고 하는 슈팅게임을 엄청 잘하는 사람의 점수 벌기! 게

---

25 격투만화 바키의 명대사(?)

이머 뇌라고 블랑이 말했는데 과연 그렇구나.

코어 게이머 지수로 말하자면 우리 중에서는 제일인 벨. 게이머 중의 게이머라고 해도 과언이 아니지. 아무래도 지금 벨의 머릿속에 펼쳐지는 관경은 스코어러가 환호하는 엄청 어려운 슈팅 게임의 화면 같아.

'으음~ 즐거운데요. 기체 하나로 스코어 16배는 힘드네요.'

기체 하나라니……. 하나가 많잖아.

이렇게까지 빠져 있으면 조금은 걱정이 되기도 하네.

괘, 괜찮은 거야? 현실 세계는 기체 제로의 일발 승부, 한 방 맞기라도 하면 인생 끝이라고? 아는 거야? 대활약은 좋지만 그건 잘 생각해줘.

그렇게 일말의 불안감을 느끼면서도, 나는 전투현장 라이브에서 눈을 돌리고 다시 조정 진행 게이지를 확인해 본다.

진행도는 65%. 그 사이에 많이 진행됐잖아!

냄비 속은 보글보글 열기로 가득 차 있고 식재료 아이콘을 나르는 도트 잇승의 얼굴도 웃고 있다. 연출이 세세한 게 재미있네.

일이 너무 잘 되는 게 아닌가 걱정도 되지만, 벨의 무대가 계속되는 한 적에게 공격당하는 일도 없을 테고, 생각한 것 이상으로 쉽네?

음, 그렇게 되면 벨이 말한 게 사실이 되겠는데. 내 출현 분량은 남아 있는 거야? 연출을 생각하지 않으면 시시하게 끝날 것 같은데. 그런 것들을 진심으로 생각하고 있을 때였다.

생각대로는 안 될 거라는 듯 갑자기 바닥 아래에서 퉁! 하고 충격이 느껴졌다!

예를 들자면 격투게임의 상단 대공 스페셜 콤보를 얻어맞은 것 같은…… 음 이래서야 잘 모르겠네. 미안해.

어, 어쨌거나 강렬한 충격이었어. 그것도 한 번이 아니라 계속해서!

너무나 갑작스러운 공격이다 보니 몸을 추스를 여유도 없어, 충격으로 발이 바닥에 떨어져 바닥에 엉덩방아를 찧었다.

아야야야. 검에서 떨어진 손으로 엉덩이를 쓰다듬으려 하는 순간 충격! 충격! 계속되는 충격!

이, 이래서야…… 서 있을 수 없다고~!

그러는 사이에 눈앞의 조정 진행 게이지가 50%, 45%, 40% …… 점점 내려가고 있다. 검에 집중하라는 이야기는 듣긴 했지만……. 이런 구조인지는 처음부터 이야기해달라고!

계속되는 충격에 엉덩이뿐만 아니라 온몸이 바닥에 부딪힌다. 나는 거의 기다시피 검에 몸을 기댄다.

45%…… 46%……. 휴, 일단 이걸로 된 건가? 하지만 게이지가 올라가는 스피드가 내려가는 스피드보다 느린 건 어째서지?

"잇승! 게이지! 게이지가 올라가지 않아!"

'집중! 집중하세요! 넵튠 씨!'

말이야 쉽지…….

"이 상황을 어떻게든 하지 않으면 집중이 안 된다고! 도대체 무슨 일이야!"

'지하야! 타워 지하에서 공격을 받고 있어! ……큰일인데, 안으로 들어왔어!'

지, 지하!?

잇슝 대신 상황을 설명해 주는 아이짱의 목소리도 긴장돼 있다.

'한 방 먹었어! 천정을 계속 뚫고 일직선으로 최상층으로 향하고 있어!'

"어어어, 어떻게 하지!? 이쪽의 방어시스템을 쓸 수가 없잖아!"

이지모드에서 한순간에 헬모드로 변경됐다.

빨리, 빨리 모두에게 돌아와 달라고 해야 해! 아이짱이 말하는 게 사실이라는 건 덮쳐오는 충격이 점점 강해지는 걸로 알 수 있었다.

"벨! 블랑! 네프기어! 누구라도 좋으니 헬프미!"

게이지가 내려가지 않도록 필사적으로 검을 손에 쥐고 있는 힘을 다해 소리 지른다.

하지만 현실은 잔혹한 것. 이 충격파 공격이 시작되면서 바깥쪽에서도 가디로이드들이 수를 늘려 공격을 하고 있다.

'이렇게 되면 시간 승부야! 최상층까지 올라가기 전에 게이지를 꽉 채워서 탈출하자! 집중해!'

"못 해!"

'빨리 하라고! 주인공이잖아! 주인공 보정이 걸려 있잖아!'

아…… 악마다. 나는 악마를 봤다.

'넵튠 씨…… 근성이에요! 근성!'

거기다가 두 마리나 있어……

하지만 잇승과 아이짱 말대로 여기서 우는소리를 해봤자 아무 소용이 없다는 건 알고 있다. 그렇다면…… 원념이라도 좋으니 검에 불어넣자!

여신의 검이 끔찍한 마검으로 각성한다고 해도 그때 일은 그때 생각하자. 될 대로 되라지!

다시 한 번 나는 온몸으로 검에 달라붙었다.

55%, 65%, 70% ……. 조, 좋았어. 오기로라도 들러붙어 있겠다는 정신으로 그저 버틴다.

돌 위에서 3년? 그런 마음으로 게이지가 80%까지 찼을 때까지 버텨 희망이 보인다고 생각한 찰나였다.

커다란 층을 꿰뚫은 건지, 두꺼운 기둥을 같이 부숴버린 건지, 엄청난 진동이 내 몸을 바닥에 내던진다.

"안 돼 안 돼 안 돼! 내려가면 안 돼!"

다시 검으로 달려간다. 75% 아슬아슬하게 맞춘 것 같다.

하지만 이제 한계야. 지금의 일격으로 층 전체가 기울어지고 벽에 희미한 균열이 생기고 있다. 다음 공격은…… 나와 검은 둘째치고라도 타워가 견딜 수 없을 거야.

하지만 포기하는 건 싫어. 포기하지 않는 것도 주인공의 조건이고! 벨의 노력을 물거품으로 만들 수 없어! 눈을 꼭 감고 검에 정신을 집중한다.

다음에 일격을 먹일 거면 먹여 보라고! 손이 닿지 않는다 하더라도 이빨로라도 물고 버틸 거니까!

그런 일념으로 다음 공격을 기다린다.

그런데…… 어라? 오지 않아? 이를 악물고 기다려도 다음 공격이 오지 않는다.

"머, 멈췄어?"

어, 어떻게 된 거지? 계속 바뀌는 사태에 나도 모르게 두리번두리번 주변을 둘러본다.

'겨우 바깥으로 쫓아냈네. 이제 안심해도 돼. 고마워하라고.'

설마 했던 느와르의 목소리가 들려온다.

'이런 일이 있을까 해서, 따로 움직여서 경계하고 있던 보람이 있네. 도박은 내 승리!'

"도, 도박이라니…… 무슨 소리야!?"

'나에게 같은 수법은 두 번 통하지 않는다는 거지.'

오오!? 갑자기 나타나더니만(목소리뿐이지만) 저 깔보는 듯한 말투는 뭐지? 그것도 악역 같은 대사잖아.

'파이널 하드호에 대군으로 공격한 건 이스투와르님의 방어 필드를 풀고, 그 틈에 해킹을 하기 위한 눈속임이었잖아? 그러니까 이번에도 비슷한 수법을 쓰지 않을까 싶어 노리고 있었어!'

두둥! 쨔안! 이런 효과음이 느껴지는 어조로 느와르는 말했다.

잘 보라고. 내가 이렇게 대단해. 나는 잘났어. 최고다! ……이런 오오라가 느껴지는 자신만만한 얼굴이, 목소리만으로도 상상이 된다.

하지만 이럴 때는 고맙다고 말해야겠지.

어떻게 했는지 알 방법은 없지만, 느와르의 행동이 우리를 구한 건 사실이니까.

멋지다 느와르! 게임업계 제일의 스타 코스플레이어! 제법이라니까!

'……후후. 정글에서는 컴파와 블랑이, 천계 돌입 시에는 아이에프가, 이 방어전에서는 벨이 대활약했는데, 나만 활약을 못한 건 불공평하잖아? 빨리 카메라로 찍어 달라고. 이 가디로이드 디자인도 지금까지의 것과는 다르게……'

이러게 느와르를 추켜세우는 사이에 오오! 느와르님의 활약으로 게이지가 100%를 달성했습니다!

'……저기, 넵튠? 내 목소리 들리는 거야?'

"듣고 있어, 듣고 있고말고! 고마워 느와르! 정말 정말 고마워!"

'그, 그래? 알아준다면야……'

좋았어! 간다!

바닥이 조금 금이 가고 기울어져 있지만 이게 오히려 근사하다. 나는 최종 조정이 완료된 검을 의기양양하게 치켜든다.

보라, 이 광채를! 아름답고 늠름한 여신의 검을!

'저, 저기. 그쪽도 그쪽대로 바쁘겠지만 이쪽도 실황을…….
흠흠! 아아 마이크 테스트. ……크읏! 아무래도 나의 진짜 솜씨
를 보고 싶은 모양인데! 좋았어, 그렇다면 보여주지! 나의 궁극
필살기를!'

기다려 모두들 내가 달려갈게!

이 검의 광채와 주인공으로서의 명예를 걸고, 내가 세계에 평
화를 되찾아주겠어!

'저, 저기…… 궁극 필살기 나간다. 이건 틀림없이 양면 사이
즈 일러스트용이라고? 빨리 이쪽으로 카메라 보내주지 않으면
제일 중요한 걸 놓치게 된다고'

그럼 간다! 정의는 나에게! 게임업계에서 살아가는 모든 생명
을 위해!

잘 봐두라고! 나의…… 변신!

'잠깐만! 대놓고 무시하지 말라고!!!'

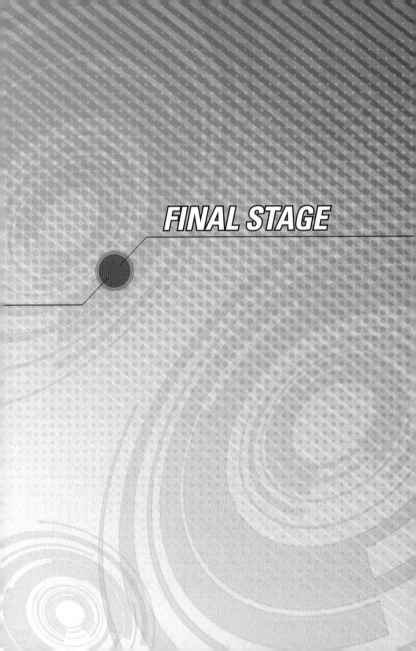

FINAL STAGE

(미안해 잇승)

반은 무너져 있던 벽에 발길질로 구멍을 뚫어 나는 하늘로 날아올랐다. 불어오는 바람에 머리카락이 휘날린다. V 새 타워는 상상 이상으로 지독한 모습이었다.

벨이 아무리 세밀한 '점수 벌기 플레이'로 격을 격퇴했다고 해도 역시 한계는 있는 것 같다. 컴파가 '아메시스트로 만들어진 것 같다'고 감탄하던 타워의 외벽에는 지금도 무수한 가디로이드들이 수액에 달라붙는 곤충들처럼 몰려들어 타워 여기저기에 연기가 피어오르고 있다.

그래도 필사의 방어전이 아무 쓸모도 없는 건 아니었던 것 같다. 별도 행동을 했던 느와르가 막아주었던 지하에서의 공격을 포함해(……그러고 보니 느와르, 뭔가 말했던 것 같은데 뭐였더라?), 크로와르도 전력 대부분을 여기에 투입했던 것 같다.

저편에 서 있는 Hi 새 타워의 주변에는 백여 대 정도나 될까, 세려고 하면 셀 수 있을 정도의 가디로이드들이 '호위부대' 라는 느낌으로 공중에 떠 있다.

"언니!"

Hi 새 타워의 상황을 멀리서 보고 있던 내 귀에 네프기어의 목소리가 들려와, 나는 뒤를 돌아봤다.

몇 번이고 폭풍과 연기를 맞았겠지. 예쁘게 정돈됐던 머리카락도 여기저기 흐트러지고 온몸에 검댕이 묻어있다. 네프기어는 크게 심호흡을 하고는 나를 바라본다.

"벨 씨가 언니를 도와주라고 했어⋯⋯."

왜 여기에? 라고 물어보기도 전에 네프기어가 입을 열었다.

나는 Hi 새 타워 상공의 광경과 네프기어 뒤에서 연기에 싸여 있는 V 새 타워를 교대로 바라보며 천천히 고개를 저었다.

"고마워, 하지만 괜찮아. 모두들 충분히 도와줬고, 나 혼자로도 충분해."

"안 돼! 혼자서는 위험하다고! 나, 무슨 일이 있어도 따라갈 거야!"

"네프기어⋯⋯."

네프기어는 내 손을 꼭 붙잡고 진지한 얼굴로 그렇게 이야기한다. 그 손에서 강한 의지가 느껴진다.

"그때와 같은 일을 반복하는 건 싫어. 이번에는 내가 언니를 도와줄 거야!"

이래서야 내가 무슨 말을 해도 듣지 않겠는데.

예전부터 완고한 면은 있었지만 지상에서 만난 뒤로는 전보다도 자기주장이 강해진 것 같다.

"유니짱의 영향인가."

"응? 무슨 소리야?"

"아무것도 아니야⋯⋯. 많이 힘들어 보이는데 M.P.B.L은 쓸 수 있어? 예전처럼 에너지가 떨어지면 중요한 순간에 후회할지도 모른다고?"

어쩔 수 없지, 이전에 있었던 일을 슬쩍 말하며 내가 허락하니.

"보급은 제대로 했어! ……머리카락을 손질할 시간은 없었지만."

네프기어가 반짝이는 얼굴로 엉킨 머리카락을 빗어 넘기며 말한다.

정말로 믿음직해졌다니까. 농담으로 받아넘길 만큼 여유가 생겼으니까, 내가 걱정할 필요는 없을 것 같아.

"……어쩐지 둘 다 먼 길을 돌아온 것 같네. 겨우 스타트 지점에 돌아온 듯한 느낌이랄까?"

"그러네……. 하지만 언니."

"왜 그래?"

"언니가 지상에 떨어져서 학원 사람들과 만나서 지금 이렇게 힘을 얻을 수 있었고 내가 오오토리섬의 모두와 만나서 조금은 강해질 수 있었어. ……이건 신이 우리에게 수행을 시킨 게 아닐까?"

"갑자기 왜 그래. 그리고 신이라니?"

갑작스러운 네프기어의 이야기에 나는 깜짝 놀라 물어본다.

"그러니까 옆의 세계의 여신님, 퍼플하트님?"

"……나, 자신이 자신에게 수행을 시키는 거야? 이상한 이야기네."

"아, 아니면 천계에 있는 대신 이스투와르님이라던가."

이 아이, 이렇게 아무렇지도 않게 농담을 하는 아이였나?

역시 조금 달라진 것 같아.

"그렇구나. 우리들도 본적이 없는 진짜 신이 있을지도 모른다는 이야기로구나. 하지만 나는 그런 보이지 않는 신의 힘을 빌릴 생각은 없어."

씨익 웃은 뒤에 나는 검의 칼날을 Hi 새 타워로 행했다.

잘 보라고 또 다른 나. 네가 해낸 것처럼…… 그게 뭔지는 모르겠지만, 이번에는 내가 나의 방식대로 세계를 구할 거야.

"가자. 이번에야말로 모든 걸 끝내자. 누구도 아닌…… 우리들의 손으로!"

"응!"

그렇게 이야기하며 우리들은 날아갔다.

바로 반응한 '호위부대'가 우리들의 진격을 방해하려는 듯 움직이기 시작한다.

머릿수는 줄어들어도 불리한 건 변함없지만 여기서 물러날 수는 없다. 그저 나아갈 뿐.

서로의 사정거리가 점점 좁혀져 언제 전투가 시작돼도 이상하지 않은 상황. 고양감이 점점 높아진다.

자아, 덤비라고! 결의에 가득 차 있을 때.

그때까지 개별적으로 행동하던 가디로이드들이 마치 몸을 기대듯이 한곳에 모이는가 싶더니 서로의 팔을 연결해 거대한 뱀 같은 모양을 만들어낸다.

그리고 그 뱀의 머리에 해당하는 새빨간 모니터에서 빛이 반사돼, 공중에 하나의 영상을 비춘다.

그건, 스카이라운지에서 봤을 때보다 스케일이 커진 크로와르의 입체영상이었다.

'뭐야 너희들. 지난번에는 패배해서 도망간 주제에, 오늘은 열심인데? 조금 짜증 나는걸.'

짧은 머리를 양손으로 긁으며 짜증 난다는 표정으로 크로와르는 말했다.

'진짜 짜증 나네. 뭘 그렇게 진지하게 생각하는 거야? 이런 건 놀이라고? 게임이잖아, 게임! 적당히 나를 즐겁게 해주면 그걸로 된다고! 너희들 진짜 눈치가 없네! 진지하게 덤비기는.'

그건 마치 자기 생각처럼 되지 않아 폭발하는 어린아이 같았다. 나는 네프기어를 바라본다.

'이제 됐어. 조금만 더 화려한 불꽃을 보고 싶었는데. 이제 질렸어. 너희들을 처리하고 나서 다시 놀면 돼.'

"자, 장난치지 마세요!"

네프기어는 그런 크로와르의 태도를 참을 수 없는 것 같았다. 성실한 아이니까 무리도 아니야. 눈썹을 치켜뜨며 노여워하고 있다.

하지만 나는 조금 다른 생각이었다.

화를 내는 크로와르의 목소리를 들은 순간 확신을 느꼈다. 그건 간단히 말하자면 승리의 확신이었다.

확실히 크로와르는 모든 일의 원흉으로 이번 사건의 흑막일지도 모르겠지만…… 최강의 적은 아니야. 직감이지만 틀림없어.

"알았어, 그럼 이쯤에서 결판을 내자."

그 확신을 감춘 채로 나는 조용히 말했다.

'좋았어! 해보자고, 너희들 둘 다 너덜너덜하게 만들어 줄 테니까!'

뱀 모양의 기체를 흐느적거려 위협하면서 크로와르는 말했다.

나는 조용히 대답했다.

"둘이라고? 아니? 이 정도의 상대라면 혼자라도 충분해. ……네프기어 이건 너에게 맡길게."

"응, 알았어! ……뭐어!? 뭐라고 언니!?"

기세 좋게 대답하던 네프기어가 '무슨 소리를 하는 거야?'라는 표정으로 나를 바라본다.

"괜찮아, 네프기어 혼자로도 충분해. 그리고 나는 저걸 처리해야 하거든."

손에 든 검을 가볍게 흔들면서, 나는 네프기어에게 미소 지었다.

"……그런 무모한 이야기는 하지 마, 언니. 나 혼자서는……."

"무모한 게 아니야. 지금의 너와 예전의 너는 다르니까. 나를 도와줬잖아? ……그리고 크로와르는 그저 놀고 있는 것뿐이라고. 이 정도에 흥분하면 분위기 파악을 못 하는 아이가 되는 거야."

그렇지? 나는 크로와르를 바라본다.

예상대로 크로와르는 한순간 의표를 찔린 표정을 보이고는 그걸 떨쳐내듯이,

'바, 바보! 이건 다른 잔챙이들과는 달리 강하다고?! 어떻게 돼도 모른다?'

우리들을 위협하는 것처럼 합체 가디로이드들의 무기를 이쪽으로 향한다.

역시 그렇구나, 나는 확신했다.

크로와르가 사람들을 바보 취급하며 도발하는 건, 자신이 저지른 일에 모두가 우왕좌왕하는 걸 보고 싶어서…… 말하자면 '관심을 가져줘'라는 거지.

그리고 또 하나. ……아니 이건 직접 본인에게 물어보는 게 좋을 것 같아.

"이제 됐지? 그럼 나는 가볼게. 네프기어는 이 아이와 적당히 놀아줘."

'강적'에는 완전히 흥미가 없어졌다는 표정으로, 나는 크로와르의 말을 무시했다.

그대로 속력을 내 Hi 새 타워 내부에 돌입한다. 이전에는 쓰러뜨려도 쏟아져 나오는 가디로이드들에게 둘러싸여 밀리기만 했지만, 이번에는 다르다.

방해하려는 움직임도 보이지 않고, 눈 깜짝할 사이에 타워의

중심부로 도착했다.

그곳은 내가 상상했던 것과는 전혀 달랐다. 애니메이션이나 게임에서 흔히 나오는 슈퍼컴퓨터 같은 기계가 점령하고 있는 거대한 공간을 생각하고 있었지만…….

조금 전까지 게이지가 오르락내리락할 때마다 일희일비했던 그곳과 똑같은 장소. 중앙에 같은 형태의 구멍이 뚫린 받침대가 있을 뿐이었다.

아마도 이 받침대 중앙에 재기동 열쇠인 검을 꽂으면 모든 것이 끝난다. 깔끔하게, 심심할 정도로.

하지만 나는…….

나는 눈을 감고, 심호흡을 한 뒤에 변신을 풀었다.

……영, 차.

하아, 역시 이 모습이 편하다니까. 늘 생각하는 거지만 나는 변신했을 때랑 통상모드의 변화가 너무 크지 않아?

다른 아이들은 변신해도 그렇게까지 성격이 변하지는 않는데. 네프기어는 변신해도 거의 똑같고.

기다려 봐. 블랑은 달라지는구나, 엄청나게. 으음? 그렇다고 본다면 이건 개인차일까?

여신화는 아직도 베일에 싸인 부분이 많구나……. 아차, 아무 상관 없는 얘기를 해버렸네. 이것도 아까처럼 넘어가도록 하자.

"저기, 크로와르. 거기 있지? 나와봐"

검집으로 굳은 어깨를 툭툭 쳐가면서 나는 어두운 방 안에서 크로와르에게 말을 걸었다. 그 목소리가 벽에 반사돼 울려 퍼질 때쯤.

　"혼자서 느긋하게 오다니. 너 진짜로 바보구나!"

　한결 같은 얄미운 어조로 받침대 앞에 크로와르가 모습을 나타냈다.

　"내가 아무 준비도 하지 않았을 거라고 생각하는 거야? 그럴 리 없잖아. 한 번 재기동 열쇠를 꽂아보라고, 어떻게 되는지."

　크로와르는 그렇게 말하면서 내가 잇승에게 부탁했을 때처럼 바깥의 상황을 비추는 스크린을 띄운다. 거기에는 합체 가디로 이드들을 상대로 한 치도 물러나지 않는 네프기어와 V 새 타워를 공격하는 가디로이드들을 상대하는 아이들의 모습이 보인다.

　"도와주러 가지 않아도 되는 거야? 다른 녀석들이 불쌍하지도 않아? 냉정하구나."

　"괜찮아. 너는 지금 진심이 아니잖아?"

　지금 와서 그런 협박에는 넘어가지 않는다고, 나는 그렇게 말해줬다.

　"진심이 아닌 상대에게 열을 내는 것도 짜증 난다고, 크로와르가 말했잖아."

　"우우⋯⋯."

　"이쪽이야말로 할 거라면 분위기 파악을 해달라고. 우리들은 '게임 감각으로 세계를 멸망하려고 하다니 무서운 아이!'라고 생각해서 어떻게든 해야 한다고 생각했는데, 갑자기 '이런 게임에 열을 내면 어쩌겠다는 거야?'라고 하는 건 아니잖아?"

"너, 너 무슨 소리를…… 시비라도 걸려고 온 거야?"

"아니, 확인하러 온 거야."

"확인?"

"그래 크로와르, 너는 정말로 세계를 파괴할 셈이야? 아니야? 확실하게 얘기해 봐."

그렇게 말하자 크로와르가 한순간 할 말을 잃고 입을 꼭 다문다. 그 모습에 나는 확신했다.

아까 변신했을 때 생각난 거지만…… 나도 참 날카롭다니까. 멋지다, 나!

"파, 파괴하는 게 당연하지! 아까도 말했지만 신대륙을 만들 거야! 신대륙이라고! 엄청난 일이 벌어질 거야. 세계가 혼란에 빠질걸?"

"그렇구나, 그럼 한 가지만 물어볼게. 갑자기 거대한 신대륙이 세워지면 혼란스럽겠지. 천재지변이 일어나고 많은 사람들이, 동물이, 풀과 꽃과 벌레도……. 모두 죽어버린다고? 괜찮아?"

"그게 뭐 어떻다는 거야? 나하고는 상관없다고. 내가 재미있는지가 중요해."

"그런 게임플레이는 질린다고, 금방 질려버릴 거야."

뭐든 게임이라고 말하는 크로와르에게, 제일 하고 싶었던 말을 꺼낸다.

"재미있는 건 처음뿐. 나도 게임을 좋아하니까, 가끔은 그런 플레이를 하거든. 처음에는 깔깔거리며 플레이하지만 금방 질려버려. 그래서 생각했는데 게임에는 규칙이라는 게 있으니까……."

"멋대로 말하지 마! 그게 뭐야!"

하지만 내가 제일 중요한 부분을 말하기 전에 크로와르가 소리질렀다.

눈을 치켜뜨고, 지금까지 우리가 뭐라고 하든 싱글싱글 웃으며 재미있어하던 아이가, 처음으로 화를 낸다.

그건 어쩌면 크로와르가 처음으로 자신의 본모습을 보여준 순간인지도 모르겠다.

"그 녀석은, 이스트와루는 잊어버렸는지도 모르겠지만 6만5천5백3십5년이라고!? 너는 6만 년이란 세월을 이해할 수 있어? 같이 만들어지고 같은 성능을 가졌는데…… 왜 나만 그 녀석이 하는 대로 따라야 하는 거냐고!"

"크로와르……."

"그래서…… 그래서, 겨우 옆의 세계에서 바보들이 숨어들어와서 지금까지 즐겁게 놀던 그 녀석이 혼자서는 아무것도 할 수 없게 됐어. 그래서 처음으로 내 생각대로 할 수 있는 자유가 생겼다고! 이렇게 녀석과 같은 모습도 만들어서 그 녀석처럼 재미있는 일을 하려고 했던 말이야!"

그렇구나…… 그런 거였구나…….

V 새 타워와 Hi 새 타워. 두 개의 탑에 있는 지상을 관리하는 시스템은 잇승 혼자서 제어하고 있었다고 생각했는데. 사실은 그게 아니었구나.

타워를 만든 옛날의 천계인들이 어떤 생각이었는지는 모르겠지만, 잇승처럼 인격을 가지고 있지는 않았지만…… 여기에는 눈에는 보이지 않고 말도 할 수 없는, 또 하나의 잇승이 있었던 거야.

그게, 크로와르였구나.

람이 장난스럽게 이름을 지어준, 그때보다 아주 오래전부터 크로와르는 어두운 우물 속에서 반짝이는 수면을 바라본 것처럼, 잇승이 '즐겁게 놀고 있는 걸' 바라보기만 했구나.

잇승이 여기에 있다면 '놀고 있었던 게 아니에요.'라고 말했겠지.

하지만 그게 중요한 게 아니야. 크로와르가 그저 그걸 바라보는 것 외에는 아무것도 할 수 없었다는 게 중요하겠지…….

크로와르는 준비해둔 게 있다고, 그렇게 말하지만 내가 크로와르를 무시하고 검을 꽂으면 쉽게 끝날 거야.

게임을 리셋하는 것처럼, 벨이 전에 말했던 컴퓨터를 재기동하는 것처럼. 그걸로 끝. 크로와르라는 인격도 깨끗하게 사라지겠지.

하지만 그걸로 괜찮은 걸까?

모두들, 그렇게 생각해?

나? 나는…….

"좋았어! 너의 그 바램, 이 넵튠이 이루어주겠어!"

역시 그건 좀 아닌 것 같아. 그래서야 너무 차갑지 않아? 크로와르도 불쌍하고.

"그래그래, 이러니저러니 해도 의욕이 넘치잖아. 그러면 진짜로 해볼까? 신대륙 창조! 게임을 다시 진행해 보자!"

"뭐라고!?"

깜짝 놀란 고양이 같은 눈으로 크로와르가 나를 바라본다.

흐음! 놀랐구나! 크로와르, 좀 더 놀라도 된다고. 나의 절대적이고 근사한 아이디어 앞에 무릎을 꿇어라!

"확인할 게 있는데, 잇승과 같은 일을 할 수 있다는 거, 정말이야?"

"뭐?"

"뭐? 가 아니라. 어때? 설마 허세였던 거야?"

"허, 허세라니! 그런 것쯤 쉽다고! 당연하잖아!"

"그렇다면 좋았어!"

음음, 나는 고개를 끄덕였다.

게임이라도 괜찮아. 놀고 있는 것처럼 보였다면 재미있게 놀아도 괜찮아. 서로 싸우는 것보다는 훨씬 나아. 나에게는 예전에 퍼플하트가 보여준, 옆의 세계의 슬픈 전쟁의 기억이 남아 있으니까.

하드 전쟁인지 뭔지는 모르겠지만, 여신들끼리 서로 싸우고. 사실 그건 대마녀와 그 부하들이 꾸민 짓이었고.

대마녀와 그 부하들과도 싸워서 세계가 엉망이 되고. 그리고 그게 이쪽 세계에까지 불똥이 튀어서 우리들이 그걸 해결하게 됐어.

대마녀 마제콘느에, 마제콘느 사천왕…… 그야 주인공이니까 지지 않고 이기긴 했지만…… 이제 그런 건 싫어.

무적의 변신 히로인이 악을 처단한다! 그것도 나쁘지 않고 멋지지만, 옆의 세계의 다른 이야기였으면 좋겠어. 말로 표현하기는 어렵지만.

저쪽은 저쪽, 우리는 우리. 이 세계의 마제콘느 선생은 엄격하지만 훌륭한 선생이고, 매직 컴퍼니의 사람들도 원래는 불량배였지만 지금은 갱생했는걸.

혹시나 또 다른 세계에도 크로와르가 있을지도 몰라. 그 크로와르가 어떤 아이인지는 모르겠지만……우리 크로와르는 절대로 나쁜 아이가 아니야. 그렇지 않을까?

그러니까 게임을 계속하자, 신대륙 창조도 나쁘지 않은걸!

"하지만, 규칙은 지켜야 해"

나는 그렇게 말했다.

"규칙이라고!?"

"그래 조금 전에도 말했지만, 게임은 서로 간에 규칙을 지켜 가며 노는 게 중요해. 그러니까 잇승과 이야기해 서로 간에 이해할 수 있는 규칙을 만들어서 즐기도록 하자. 신대륙이라도, 신세계를 만들어도 상관없어. 크로와르가 만드는 새로운 세계가 잇승이 관리하는 세계보다 재미있고 즐거운 곳이라면 크로와르의 승리! ……이거라면 불만은 없겠지? 모두들 행복해지고!"

"너, 너…… 정말로 그런 바보 같은 걸 생각하는 거야?"

"나는 지금까지 한 번도 게임을 대충대충 해본 적은 없다고! 폐인 플레이라도 적당적당 플레이라도 놀 때는 언제나 진심이야!"

두웅! 그렇게 나는 단언했다. ……결정 났어, 이걸로 승부는 났다고.

"이, 이 녀석 바보잖아… 진짜 바보……."

네, 저는 바보입니다. 세계가 평화로워진다면 바보라도 상관없어.

"왜 내가 그런 귀찮은 일을 해야 하지? 지, 지금이라도 하려고 하면……."

"어라? 크로와르씨는 잇승과 같은 규칙으로 게임을 하면 불편한 거야? 여유 있게 말하면서 지는 게 무서운 걸까? ……하긴 6만 년 동안 일한 잇승이 유리할지도 모르겠네. 그럼 이건 어때? 잇승에게 핸디캡을 주는 건."

"너, 너! 웃기지 마, 왜 내가 핸디캡을 받아야 하는데? 이, 이 스투와르쯤 내가 진짜 실력을 내면 아무것도 아니라고!"

"흐음."

"흐음, 이 아니야! ……조, 좋았어. 그 대신 신대륙은 몬스터에 독이 넘치는 습지에 배리어에…… 마, 마왕이 있는 위험한 세계니까. 그래도 괜찮지?"

"상관없어. 그걸로 크로와르가 이겼다고 생각한다면. 뭐, 관중들이 어떻게 생각할지는 모르겠지만. 지상에는 관중들이 50억이나 있다고?"

"크윽!"

어떻게 할 거야? 할 거야, 포기할 거야?

나도 느긋하게 있을 시간은 없어. 봄방학 전이란 말이야! 잇승을 대신할 자신이 있다면 빨리 결정해.

그렇게 크로와르를 계속 추궁하던 중 크로와르의 등 뒤에 있던 스크린 중 한 곳에서 화려한 폭발음이 들리고,

'하아…… 하아…… 이겼어. 나 해냈어, 언니!'

내 기대대로, 합체 가디로이드들을 해치운 네프기어의 승리의 환호성이 들려왔다.

"내가 말한대로잖아? 진심으로 게임을 하지 않으면 잇승뿐만이 아니라 네프기어에게도 이기지 못한다고~. 이걸로 크로와르의 패배. ……역시 허세였구나."

"……이 녀석, 계속 제멋대로…… 알았어! 알았다고! 하면 될 거 아니야! 이스투와르보다도 내가 훨씬 잘한다는 걸 보여줄 거야!"

"제대로 규칙을 지킬 거지!"

"해봐. 말해 두지만 지금까지는 내 진짜 실력이 아니였으니까. 나중에 규칙은 없던 거라고 하면 용서하지 않을 거야!

알았어!

지금 그렇게 말했지? '규칙을 지킨다'고 약속했지? 녹음은 했어? 비디오는? 이걸 보고 있는 모두가 증인이야!

좋았어. 그럼 내가 할 말은 하나밖에 없어.

"OK. 같이 게임을 하는 아이는 모두 친구니까! 앞으로 잘 부탁해 크로와르!"

검을 바닥에 내려놓고, 나는 웃는 얼굴로 크로와르에게 손을 내밀었다.

모두의 노력도, 퍼플하트의 배려도 소용없게 됐지만 이런 엔딩이라면 모두들 용서해 줄 거야.

"치, 친……."

크로와르가 내가 내민 손을 빤히 바라보며 그렇게 중얼거린다.

친구…… 그래, 친구지?

한동안 나는 크로와르의 대답을 기다리고 있었지만 ……결국 크로와르는 아무 말도 하지 않고 '쳇'이라며 고개를 돌린다.

솔직하지 않다니까. 느와르보다 더한 것 같아. 아직 뭔가 불만이 있는 건가?

"……아, 역시 핸디캡이 있는 편이 좋으려나? 아직 아무도 듣

지 못했고, 우리들만의 비밀이라고 해두자. 내가 잇승에게 이야
기해도……."

　"필요오~ 없다니까!"

EPILOGUE

여러분들 안녕하세요? 저는 컴파에요.

천계에서의 싸움(마지막에는 싸움은 아니었지만) 이후로 며칠이 지나, 우리들은 지상에 돌아왔어요.

그리고 오늘, 이렇게 1년간의 학원생활을 매듭짓는 종업식을 맞이하게 되었어요.

갑자기 더워진다거나, 얼어붙을 정도로 추워진다거나 하는 이상기후는 없어지고, 따끈따끈한 봄의 햇빛 속에서 종업식을 하게 돼서 다행이네요.

다행이…… 지만…….

솔직히 말해 저는 기쁘지 않아요.

다른 친구들처럼 친구들끼리 성적표를 보여주고 싶지만 저는 그러고 싶지 않아요. 저, 그래도 일 년간 열심히 공부했어요? 실기는 조금 못했지만 다른 과목은 제법 좋은 성적이 나왔답니다.

하지만, 하지만하지만…… 성적표를 보여줬을 때 제일 기뻐해 줄 사람…… 네푸네푸는 지금…… 여기에 없어요.

"힘내 컴파. 언제까지나 우울해하면 네프코가 화낼 거야."

"그래, 넵튠과 네프기어의 몫까지 가슴을 펴고 1학년 생활을 마무리해야지."

아이짱…… 느와르…….

둘 다 저를 위로해주지만 역시 쓸쓸해 보이네요.

그날, 네푸네푸를 사이에 두고 잇승과 크로와르가 악수하는 걸 모두 본 뒤에 비행기로 지상에 돌아가려던 그때였어요.

출발시각이 다가와도 네푸네푸와 네프기어가 나타나지 않았어요.

저는 모두가 비행기에 탄 뒤에도 바깥에서 두 사람을 계속 기다렸어요.

그리고 겨우 나타난 네푸기어와 네프기어는 이렇게 이야기했어요.

"미안해 컴파, 나와 네프기어는 남아있어야 할 것 같아."

"갑자기 말해서 죄송해요. 하지만 어쩔 수 없는 일이라……."

충격이었어요. 정말로 충격이었어요.

그 말을 들은 순간, 나는 머릿속이 새햐양게 변해서 그 뒤에 네푸네푸가 무슨 이야기를 하는지 들어오지 않았어요.

"……그렇게 됐으니까 모두에게 전해줘."

하지만 정신을 차렸을 때 네푸네푸는 언제나처럼 생긋 웃어줬어요.

그걸 보고 나는 생각했어요.

네푸네푸에게는 아직 중요한 일이 남았어요. 그런데도 웃으면서 배웅을 해줬어요. 그러니까 나도 울면 안 된다고 생각했어요. 저는 꾹 참았어요. 지금까지 살아오면서 이렇게 참은 적은 없을 정도로 꼭 참았어요.

필사적으로 웃으면서 고개를 숙였어요.

하지만 마지막에는 저 혼자 비행기에 올라타서…… 모두에게 네푸네푸와 헤어져야 한다는 걸 이야기하자 한계가 찾아왔어요.

내 이야기를 들은 유니짱이 비행기에서 내리려 하자 느와르가 그걸 막으며

"친구라고 생각한다면 두 사람의 기분을 이해해 주자."라고 말했어요.

그리고

"⋯⋯발진!"

아이짱이 아무 말 없이 비행기를 발진시켰어요. 모두들 놀랐지만, 조종석에서 희미하게 어깨를 떨고 있는 아이짱의 뒷모습을 보고, 모두 아무 말도 없이 그대로 지상으로 돌아왔어요.

⋯⋯생각하는 것만으로도 괴롭네요. 슬프네요.

"저⋯⋯ 저⋯⋯ 네푸네푸와 함께⋯⋯ 2학년이⋯⋯ 우와아아앙!"

저는 오늘 세계를 구한 공적으로 지난번 문화제 때처럼 상장을 받게 됐어요.

지상 사람들은 이 사건의 진상을 모르고 있으니 표면상으로는 1년간 열심히 한 학생들에게 주는 '학장상'이에요.

⋯⋯하지만 그런 건 아무래도 상관없어요!

전 상장 같은 건 필요 없어요. 누가 칭찬해 줘도 기쁘지 않아요.

저를 보는 학생들은 저를 이상한 아이라고 생각하겠죠. 아무리 학장상을 받았다고 해도 이렇게 우는 아이가 어디 있느냐며.

단상에는 유니짱과 오오토리섬의 아이들도 서 있어요.

한 명씩 상장을 받고 박수를 받고······.

마지막에 저와 유니짱을 마제콘느 선생이 불렀어요. 마제콘느 선생은 우리들 두 사람에게만 상장을 두 장씩 줬어요.

어쩐지 그게 슬퍼서, 나는 모두가 보고 있는 앞에서 엉엉 울었어요. 그때······.

"기다려! 그 표창장! 기다려줘!"

강당의 뒤에서 제가 듣고 싶었던 목소리가······.

"큰일 날 뻔 했네. 딱 맞춰서 왔어."

"딱 맞춰서 오긴 뭐가요, 언니! 완전히 지각이라고요!"

"아니! 이 타이밍이라면 간신히 맞춘 거라고! 응, 그런 걸로 해주자! ······응 그건 상관없는데······ 지금 어떻게 된 거야? 누가 대신해서 이야기를 진행하고 있는 거야?

네푸네푸가 단상으로 뛰어오면서······ 네푸네푸가······ 저를 보면서······ 보면서······.

"저, 저예요! 네푸네푸 대신 제가 이야기를 진행 중이에요!"

손을 들고 그렇게 말했어요.

"아, 컴파가 진행했구나. 고마워! 하지만 나는 느와르가 할 거라고 생각했는데······ 그럼 교대!"

컴파와 하이파이브를 해 진행을 바꾼 것까지는 좋았는데, 컴파 왜 그러는 거야!?

아까 전부터 눈에 눈물이 고여 있잖아.

아! 설마 상을 받기 전에 누가 놀린 건가!?

그건가!

"원래대로라면 내가 받기로 한 건데, 왜 저런 맹해 보이는 아이가! 꺄악! 분·해·라!"

이런 건가?

간호과에 자존심이 높은 아이가 있어서 그 아이가 괴롭히는 거로구나! 나 그런 건 절대로 용서 못 해!

"누구야! 컴파를 울린 건!"

분노의 주먹을 불끈 쥐고 나는 강당에 모인 학생들을 노려봤다. 그 순간,

'너잖아!'

단상 위에 있던 나와 네프기어, 그리고 울고 있던 컴파 이외의 모든 사람에게서 일제히 그런 딴죽이 날아들어 온다.

이쪽을 보고 있는 사람들도 깜짝 놀란 것 같지만 나도 깜짝 놀랐어.

"내가 뭘 했길래! 지각한 것뿐이잖아…… 으악!"

"죄송합니다. 죄송합니다, 모두들 죄송해요! 어젯밤에 분명히 알람시계를 켜놓고 잤는데 언니가 일어나지 않아서, 제가 같이 있었는데도 이런 일이…… 죄송합니다!"

나는 거세게 항의해 봤지만 네프기어가 머리를 꾹꾹 눌러 억지로 고개를 숙이게 한다.

"언니도 빨리 사과해야지!"

"미 미안해?"

뭐가 뭔지 모르는 채 나도 사과를 한다.

"너, 너희들…… 왜 여기에……."

아이짱이 울고 있는 컴파의 어깨를 붙잡고 세기의 괴수 게하곤을 보는 듯한 표정으로 우리들을 바라본다.

"왜라니…… 교실에 가보니 아무도 없어서 교직원실에 물어보니 수상식을 한다고 해서…… 왔지! 나도 상장!"

어라? 뭔가 이상한데?

"컴파한테 얘기는 들었지?"

"들었어! 그러니까 놀라는 거잖아!"

이번에는 느와르가 날카로운 목소리와 함께 우리들 앞에 나타났다.

"네푸네푸와 네프기어짱은 천계에 남는다고 들었는데요……."

다음에는 벨.

어떻게 된 거야?

나는 며칠 전에 컴파에게 한 말을 다시 이야기했다.

크로와르를 사라지게 하지 않고 일을 수습하기 위해서는 다시 한 번 시스템을 조정해야 해서, 나의 검도 필요하고.

그래서 조금 시간이 걸릴 것 같으니 나는 남을게. 라고 말하니 네프기어도 같이 있어주기로 했다.

"우리들은 남는다고 말했지? 컴파?"

"……그렇게 들었어요……."

응, 여기까지는 됐고, 다른 것도 그렇게 오해받을만한 이야기는 아니었는데.

며칠 걸릴지도 모르지만 끝나면 바로 달려갈게! 하지만 모두들 피곤할 것 같으니 먼저 돌아가라고…….

"……그러니까 모두들 잘 있어."라고.

걱정하지 않아도 돼 라고 컴파에게 미소 지었지.

그런데 뭐가 문제라는 거지?

"……."

그런데 뭐야 컴파? 그 '저 실수했네요!'라는 침묵은?

"어, 언니. 설마 설마라고 생각하지만 컴파씨…… 그것만 못 들은 거 아닐까요?"

"설마! 아무리 뭐래도 그건……."

응? 왜 그래 컴파? 뭐라고 말 좀 해봐.

그렇다는 건…….

"저도 언니도, 두 번 다시 지상에 돌아오지 않는다고 모두들 착각하고 있다던가……."

"그러고 보니…… 그때 컴파, 좀 멍했었지."

다음 순간.

"미, 미, 미안해요오~~~!!"

컴파가 양손으로 얼굴을 감싸고 빛의 속도로 강당 밖으로 사라졌다.

빠, 빠르다! 컴파, 저렇게 빨리 달릴 수 있는 아이였구나…….
아차! 상장! 아까 컴파가 내 상장을 가지고 있지 않았나!?

뭔가 엉망진창 뭐가 어떻게 되고 있는지 알 수 없는 상황에,
어떻게 해야 할지 몰라 멍하니 서 있으려니 그런 나를 힐끗 바라
보며.

"바보 같네. 모두들 가자."

지금까지 들어본 것 중 제일 큰 한숨을 내쉬며 느와르가 나
와 네프기어를 방치한 채로 단상에서 내려간다.

"네푸네푸는 언제나 네푸네푸답네요. 저도 피곤하니 돌아가
서 한숨 잘래요."

어라? 하품까지 하고, 어제 밤새워 게임이라도 하셨나요? 벨?
잠깐 대답 좀 하라고!"

"나, 두 번 다시 넵튠을 걱정하지 않을 거야."

어? 왜 그렇게 되는 건데 벨? 너무 냉정하지 않아? 친구
잖아?"

"아, 아이짱은 알아줄 거지? 불가항력이었다는 걸?"

"……저승행이로군. 확정."

뭐, 뭐야 그건? 무슨 뜻이냐고!?

모두들 잠깐만! 거짓말이지. 정말로 나를 내버려두고 가는 거
야? 어떻게 하지 네프기어?

곤란한 얼굴로 네프기어를 바라보자,

"정말이지…… 사람 놀라게 하기는! 여기 네 상장. 이대로 분

교의 교무실에서 먼지만 쌓일 뻔했잖아!"

"아, 고마워 유니짱! 전에 언니가 상장을 받은 적이 있다고 해서, 나도 받고 싶었어!"

"……네프기어짱, 다행이네. (생긋)"

"이걸로 모두 모였네! 나중에 미나짱이랑 브레이브 선생에게도 보여주자!"

어, 어라?

왜 그쪽만 그렇게 따뜻하고 화기애애한 분위기인데!

이상하지 않아? 취급이 너무 다르지 않아?

나도 구상해 놓은 게 있다고.

처음에 마제콘느 선생을 구했을 때 상장을 받고 '이스투와르 기념학원 최고!'라고 마무리했잖아.

그거랑 똑같이 하고 싶었다고. 듣고 있어?

처음에도 수상, 마지막에도 수상. 근사하지 않아? 이걸로 지난 1년간을 아름답게 마무리하려고 생각했다고? 어때요? 마제콘느 선생?

"이상으로 이스투와르 기념학원 제3학기 종례식을 마친다. 모두들 교실로 돌아가 하교하도록. 해산!"

잠깐만! 잠깐만 기다려 주세요!

"상장을! 저에게도 상장을!"

뚜~~루루루♪ 짠짠 ♪

좋았어 이런 결말! 똑같은 걸 두 번 하는 건 시시하니까!

초차원 게임 넵튠 하이스쿨 끝?

후기

"음 오늘은 맥주나 차……."

"오늘은 맥주로 하죠! 괜찮겠죠!?"

"오, 웬일이에요? 상관없지만요. 여기 맥주 주문 나갑니다!"

(수, 술집도 아니고…….)

"여기요. 쭈욱 들이키세요."

"알겠습니다! 잘 먹겠습니다!"

아아, 맛있다. 일을 끝낸 후의 맥주는 맛있다니까. (꿀꺽꿀꺽)

처음에 편집부로 불려갔을 때에는 무슨 일일까 싶었지만 ……눈 깜짝할 사이에 시간이 지났네. (꿀꺽꿀꺽)

자료로 빌린 게임을 계속 했었지.

"일이니까! 이건 노는 게 아니니까! 일이니까!"

그리운데. (꿀꺽꿀꺽)

"한잔 더 드실래요?"

"좋아요, 좋아!"

처음에는 한 권만 한다는 계획이어서 문화제도 체육회도 온천도 전부 집어넣었는데…….

시리즈화 된다는 이야기를 들었을 때, 기뻤어. 기뻤지만 편집장에게 우는소리를 했지.

"어떻게 해야 되죠? 이제 학원 이벤트가 없다고요?"

"열심히 해 주세요."

······혹독한 세계에 내던져졌다고, 그렇게 생각했지.(꿀꺽꿀꺽)

하지만 정말로 즐거웠어. 그야 힘든 일도 있었지만.

매번, 츠나코 선생의 표지그림이 보고 싶어서, 정말로 귀여워서, 귀여
워서······ 츠나코 선생, 매번 훌륭한 표지를 그려줘서 감사합니다!

우리모 선생이 '매번 봐서 지겨우시죠?'라며 열심히 속지그림을 그려
준 것도 행복한 순간이었어. 우리모 선생도, 정말로 감사합니다! (꿀꺽꿀
꺽)

아이디어 팩토리 분들에게도 폐를 많이 끼쳤지. 미안한걸. 하지만 매번
정중하게 감수를 해줘서, 고마웠어. 그리고 처음으로 알게 된 건데 ······
제대로 팀 모두가 봐주는 일은 그다지 없다는 걸. 행운이었어. 아이디어
팩토리 주식회사 여러분들, 정말로 고마웠습니다!

끝난 건가······쓸쓸한데. (꿀꺽)

하지만 그렇게 하기로 약속했으니까. 원래는 4권에서 끝내려던 걸 '네
프기어 일행에게 초점을 맞춰 주세요!'라는 이야기가 나와 한 권 더 늘리
게 된 것도 고맙네.

"이제 괜찮으세요?"

"아니요! 한잔 더!"

마지막으로 고마워해야 할 사람은…… 독자 여러분들!

1권의 앙케이트 엽서가 몰려와서 그걸로 다음 권을 만들게 됐거든요. 고맙습니다! 동생들을 나오게 해달라는 요청이 두두두두! 몰려와서 동생들도 나오게 됐었죠. 고맙습니다! 고마워요!

지금까지 넵튠 하이스쿨을 뒷받침해주신 독자 여러분들. 정말로 고마웠습니다. 여러분들 덕분에 완주할 수 있었습니다. 마음 깊은 곳에서 정말로 감사합니다!

"푸아아. 잘 먹었습니다. 맛있었어요!"

"다행이네요."

"저기! 이번으로 마지막이지만, 저에게 이런 큰 타이틀을 맡겨줘서, 자유롭게 쓸 수 있게 해줘서…… 고마웠습니다. 저……이 편집부가 좋아요!"

"고맙습니다. 그리고 수고하셨어요."

"수고하셨습니다! 다음에 일이 있으면 잘 부탁드립니다!"

"그럼 갑작스럽지만, 6권부터의 전개는 어떻게 할까요? 다행이네요. 다시 문화제랑 체육회를 써먹을 수 있어요! 2학년이니까 수학여행도!"

"……네?"

"네, 가 아니잖아요."

2014년 12월 오카즈

2015년 5월 신간 이벤트 안내

이벤트 하나. 「응모자 전원 증정!」 해피머니 이벤트

V노블 5월 신작 2종 Start!를 기념하여 응모자 전원 증정 이벤트를 실시합니다.

▸ **응모 조건:** 「섹시해요! 여간부님」과
「파나티아 이담」을 모두 구매하신 분
(이벤트2과 중복 응모 가능)

▸ **응모 방법:** V노블 자켓 모서리의
'이미지프레임 쿠폰'을 잘라 독자엽서에 붙여
V노블 편집부로 부침.

▸ **응모자 선물 증정:** 신작 2종 구매자 전원에게
해피머니 상품권 2000원 증정!

▸ **응모 기한:** 2015년 6월 25일 (발송일 기준)

▸ **증정 일시:** 응모 엽서 정리 후 7월 1일 이후부터
발송합니다.

▸ **신간만 유효** 구간의 쿠폰은 무효입니다.

이벤트 둘. 사이버프론트코리아 & V노블 합동 이벤트!

추첨을 통해 「신차차원게임 넵튠 Re:Birth3 V CENTURY」
패키지 & 넵튠 Re:Birth3 초대형 포스터 증정!!

▸ **응모 조건:** 「초차원게임 넵튠 하이스쿨
5권」을 구매하신 분
(이벤트1과 중복 응모 가능)

▸ **응모 방법:** V노블 자켓 모서리의
'이미지프레임 쿠폰'을 잘라 독자엽서에 붙여
V노블 편집부로 부침.

▸ **응모자 선물 증정:** 추첨을 통해 선정된 다섯 분에게
「초차차원 게임 넵튠 Re:Birth3 V CENTURY」의 게임
패키지(5명)와 초대형포스터(30명)를 증정합니다.

▸ **응모 기한:** 2015년 6월 25일 (발송일 기준)

▸ **증정 일시:** 응모 엽서 정리 후 7월 1일 이후부터 발송합니다.

▸ **신간만 유효** 구간의 쿠폰은 무효입니다.

초차원게임 넵튠 하이스쿨 ❺

초판 1쇄 발행 2015년 5월 30일

발행인 원종우
발행처 (주)이미지프레임

주소 (427-060) 경기도 과천시 용마2로 3, 1층
영업부 02-3667-2653 **편집부** 02-3667-2654 **팩스** 02-3667-2655
메일 admin@vnovel.kr **웹** vnovel.kr

ISBN 978-89-6052-447-7 02830 **(세트)** 978-89-6052-267-1

ChoJiGen Game Neptune Highschool 5 ©2014 Okazu
All rights reserved
Original Japanese edition published by HIFUMISHOBO CO., LTD
Korean translation rights arranged with by HIFUMISHOBO CO., LTD
through CyberFrontKorea Co., Seoul.
Korean translation rights © 2015 by Imageframe. Co., Ltd

이 책의 한국어판 저작권은 사이버프론트코리아를 통한 저작권자와의 독점 계약으로 이미지프레임
에 있습니다. 저작권법에 따라 한국 내에서 보호받는 저작물이므로 무단전재와 복제를 금합니다.

©GUST CO.,LTD. ©Nippon Ichi Software, Inc. ©2011 5pb. ©KI/comcept Inc.
©2011 IDEA FACTORY ©2011 COMPILE HEART